破天荒

高杉良
Takasugi Ryo

新潮社

目次

破天荒

第一章　即戦力

1

杉田亮平《すぎたりょうへい》がスーツ姿で、目指す中央区八重洲五丁目の幸田《こうだ》ビルに着いたのは午前八時半だが、いくらなんでも早すぎると思い、周辺をぶらついて九時十分前に玄関のドアを開けた。

昭和三十三（一九五八）年十月二十六日、日曜日なのに小さな雑居ビルのエレベーターが作動しているのは、出勤している人たちがいることを示している。

亮平は前日の土曜日も、採用試験を受けるため同時刻に来ていた。

土曜日の夕刻、小岩《こいわ》の自宅に届いた石油化学新聞社高橋《たかはし》からの電報は『アス　シュッシャ　サレタシ』だった。

江戸川区小岩町二丁目にあった中学時代の杉田家は六畳と四畳半の二間だけで、三軒長屋の真ん中だった。今は四畳半が一間増えたので三部屋だ。

父の三郎《さぶろう》と義母の福子《ふくこ》が亮平に擦り寄ってきた。

亮平は電報を三郎に手渡した。福子が覗き込んだ。三郎は五十一歳、福子は四十二歳だ。

「よかった。よかった」

「亮兄《りょうにい》よく頑張ったねぇ」

二人が嬉々としているのは、亮平の稼ぎを当てにしているからに他ならなかった。

小岩駅南口前の富士映画館などが閉鎖されたのは相当以前で、プログラムの仕事をしていた三郎は失業の身だった。子供たちを働かせて、二人は毎晩酒を飲んでいた。このことで、怒り心頭に発した姉の弘子《ひろこ》は小岩から出て行くことを切望し、実母百子《ももこ》の家の近く世田谷区祖師谷《そしがや》に転居した。百子は八か月前の二月に大倉集古館館長の厚田茂治《あつたしげはる》と再婚していた。

昭和二十五年の夏から一年半、亮平たち兄弟が児童養護施設の〝めぐみ園〟で過ごしたことは杉田家にとってタブーなはずなのに、福子は三郎に「おまえたちを引き取ってやったんだ」と言わせて、亮平を切なく悲しい思いにさせたことが一再ならずあった。

『〝引き取ってやった〟なんて、親父は実の親じゃないのかなぁ。誰が言わせたか察しはつくけど』

亮平は内心を抑えて一笑に付したが、福子と亮平の板挟みになって、心ならずも失言した三郎の立場が痛いほどよく理解できた。

もっとも亮平は反抗期でもあったので、小岩の自宅に帰らずに友達の家に寝泊まりすることもままあった。中学時代は市川の国府台《こうのだい》駅に近い林征一郎《はやしせいいちろう》の家が多かった。林の父親は千代田銀行のエリート行員で姉を含めた四人家族だ。家のスペースも余裕があったことと、なによりも母親が親切な人だったことが、亮平を甘えさせたと言える。亮平の小学校からの親友である芝崎昇《しばさきのぼる》は、「林の征《せい》ちゃん」と呼んでいた。

石油化学新聞社は国鉄東京駅八重洲南口から徒歩十分、幸田ビルの三階に在った。

就職難の時代故、業界紙の同社の募集に八十二名もの応募があったという。むろん後日知り得たことだが、記者の採用は二名だから、競争率は四十一倍だ。

面接者は高橋幸夫《さちお》と名乗る三十歳ぐらいの男性だったが、角張った顔ながら表情は穏やかで、特にロイド眼鏡の奥の二重瞼の眼が優し気だった。

応募者は大部屋に通され、十五字五行の新聞社専用のザラ紙の原稿用紙二十枚を手渡された。大部屋とはいえ、八十二名は収容できっこない。数班に分かれて採用試験が行われたが、幸運にも亮平は第一班で待たされることはなかった。出題された『合成樹脂について思うこと』を、手渡された原稿用紙に約四十分で書き終えた。当然ながら幸田ビルに到着したのも、ビルを後にしたのも亮平が一番先だった。

亮平は退出する時、雑然とした室内を見回した。机の数は十二、ドアの奥は総務部だろうか。それにしても小さな新聞社だ。業界紙とはそうしたもので、一般紙とは訳が違うと思うしかない――。

翌日の日曜日に高橋と向き合ったのは、亮平一人だけだった。

「おはようございます。杉田亮平です」

「おはよう。よく来てくれました」

「採用してくれるんですか」

「もちろん。ただし、いくらなんでも都立江戸川高校と定時制の両国高校中退は無いと思うなぁ」

「〝学歴不問、二十五歳まで〟とありましたけれど。でしたら、僕はこの新聞社に入社しません。業界紙や専門誌なら、どこでも入れる自信は……」

「待って。そう急がないでください」

高橋は突き出した右手を急いで膝に戻した。そして、ゆったりとした口調で言った。

「両国高校卒でよろしいじゃないですか。社長は九州大学卒と称していますが、実は青山学院です。ひょっとすると大学中退もあり得るのかなぁ」

つぶやくような小声は、独り言とも取れる。

「履歴書を書き直しましょう。待てよ、君の文章力対話力なら早稲田中退でも通るかもしれない……。その方が君に相応《ふさわ》しいような気がしてきた」

「厭です。調べればバレます。僕、ほかの業界紙に行きます」

「そんな……。あのねぇ。調べるなんてあり得ません。社長がそうだからじゃなくて、実力主義っていうことなのです。直ちに使える記者を求めているに過ぎない。ただ、高校中退は前例がないので、お願いしているのですよ」

「一般紙でも高校を出ていない叩き上げの記者が存在するって聞いた覚えがあります。要は実力なんじゃないのですか」

「そうねぇ。君の言う通りかも知れないが、年齢も若いことがハンディになるので、高卒にしましょうよ。誰も文句は言いません。便宜的にそうするだけで、それこそ〝この場限り〟、二人きりの事なんです。口が裂けても他言しないことを二人で誓う。それで行きましょう。採用は私一人に任されているので、社長も文句は言えない筈です。ついでながらコクヨの原稿用紙を履歴書にしたことも実は気に入っているのです」

亮平は笑いながら「嬉しいです」と言った。

「コクヨの原稿用紙は用意していますか」

「はい」

「それじゃあ、そこの空いてるデスクで履歴書の書き直しをお願いします」

亮平は黙ってうなずいた。

亮平が書き直した履歴書を手渡すと「ありがとう。これでよろしい。悪筆だが、読みやすいのがなによりです」と、高橋は真顔で言った。

「もう一つお願いがあります。あしたも九時に出社してください。成富《なるとみ》社長に引き合わせますので」

「承知しました」

高橋が起立した。亮平も従った。

高橋の身長は亮平の百七十三センチより少し低いが、すらっとして格好良かった。

「〝この場限り〟を忘れないでください」

亮平はあいまいにうなずいた。それは無理筋だと思ったからだ。

亮平も気持ちが楽になり、笑顔を絶やさなかった。

「実を言うと、あしたからでも仕事の出来る人を求めているのです。採用試験の答案を〝論説〟で書いたのは君一人だし、筆力は断トツだった。対話力も相当なものだからねぇ」

「そんなに褒められると気恥ずかしいです」

亮平は照れくさくて顔を左右に向けたり、天井を仰いだりしたが、心の奥では当然だと思ってもいた。

「さっきから気になっているのですが、その風呂敷包みの中身を訊いてよろしいですか」

「ええ」

亮平は再び座ると、卓上の風呂敷包みを膝に戻して、中の物を取り出し、ぶしつけにも高橋に手渡した。

高橋は眼を丸くして点検した。

「新聞、雑誌、原稿用紙の束までありますねぇ。どうしてですか」

「電車の中で書くことはありませんが、駅のベンチなどで思いつくままに作文するんです」

「作文って？」

「習作っていうんですか。小説はオーバーですが……。笑わないでください」

「笑うどころか、凄いのが目の前に現れたと感服しているんですよ。活字になったことはあるんですか」

「中学、高校時代はいくつもあります。お見せする訳にはいきませんが」

「そりゃあそうだ。会社ではまずいでしょう。いずれこっそり見せてもらいましょうか」

「嬉しいです」

「もっと何か言いたそうですねぇ」

「いっぱいありますが、いくらなんでも今日は遠慮します」

高橋はのけ反った上体を戻して、声をたてて笑った。

「遠慮しないで自慢話をしてごらんなさい」

「じゃあ一つだけ。中学時代のクラブ活動で新聞部の部長になったので、一面のトップ記事は、ほとんど僕が書いてました」

「そのうち読ませてもらおうか」

「はい。ぜひお願いします」

「明日、必ず来てくださいね」

「採用してもらえるのですか。念を押してすみません」

「もちろん。杉田亮平君も自信満々じゃないですか」

亮平は大きくうなずいた。

「頑張ります。あしたから仕事をします」

「その覚悟は凄いなぁ。繰り返すが、必ずウチに来てくださいね」

「ありがとうございます」

亮平は深く深く頭を下げた。採用される方がこんなに生意気でいいのだろうかと思わぬでもなかったからだ。

高橋は再三再四破顔した。

「ちょっと待ってください」

高橋はその場を離れると三分ほどで戻ってきた。新聞の綴じ込みを二つ手にしていた。

「このプロパン・ブタンニュースが当社の主力紙です」

題字は横書きでタブロイド判八ページだった。

「石化新聞は今年七月から週二回発行していますが、ペラの二ページなんですよ。二ページはみっともないので、四ページにしたいんです。それで杉田君と里村《さとむら》君を採用することになったんですよ」

「日本経済新聞の題字とそっくりですね。題字の割に二ページでは見劣りしてもしょうがないと思います」

「ブランケット判なので業界紙で二ページは他にもあるんですよ」

「里村さんという人は僕より年長ですよね」

「二十三歳、東北大学の文学部を出ているが、君と違って物静かなのが気になっているんです。明朝九時に会えますよ」

「僕と違ってインテリなんですね。でも仕事は僕のほうが出来ると思います」

「おっしゃるとおりかもなぁ」

亮平は綴じ込みをめくっていた。広告が少ないのも気になった。

「この新聞は赤字なんでしょうねぇ」

高橋は顔をしかめたがすぐに笑顔をつくった。

「プロパン・ブタンニュースは相当儲かっているので、トータルでは黒字です。だからこそ四ページだてにして、単独紙で黒字に……」

高橋は思案顔で話を続けた。

「せめてトントンぐらいにしないとねぇ。当社の社名を名乗ってるんだから」

「発行部数をお聞きしてよろしいですか」

「約千五百部です。公称は五千部と大法螺を吹いていますが」

「分かりました。ぶしつけにも程があることは承知しています。本当に失礼しました」

「くどいようですが、あす九時に来てくれるんですね」

「参ります。高橋さんが大好きになったからです」

亮平の笑顔に誘われて、高橋もほころんだ。

「うれしいなぁ。お世辞とは分かっていても」

「お世辞なんて失礼ですよ。本気、本音に決まってるじゃありませんか」

亮平がちょっとむきになったので、高橋は「ごめんごめん」と言って、中腰になった。

「握手しましょう」

「はい」

亮平は起立して握手に応じた。

エレベーターホールの前で、亮平が高橋に肩を寄せた。

「里村さんの面接は終わったのですか」

「まだです。『アス　シュッシャ　サレタシ』の電文なので、午後と解釈したのかなぁ。その点も君とは違うよね」

「僕はせっかちなので、きょうも三十分以上前に幸田ビルの前に来ていました」

「それが常識だと思うんだけどねぇ。ちょっと悩みましたけど。『アスアサ　シュッシャ　サレタシ』とすべきだったかも知れませんね」

亮平はうなずかざるを得なかった。

2

幸田ビルを後にした亮平は急ぎ足で東京駅に向かい、公衆電話ボックスに飛び込んだ。

「もしもし、芝崎さんですか。杉田亮平です」

「あら、杉田さん。お元気ですか」

聞き覚えのある女性の声は芝崎の母親のオトだった。

「はい。昇君いらっしゃいますか」

「いますよ。替わりますね」

十数秒後に張りのある芝崎の声が聞こえた。

「もしもし、杉田いまどこにいるの？」

「東京駅。今から君ん家《ち》に行っていいかなぁ」

「いいよ。待ってる。一緒にお昼食べようや」

「ありがとう。当てにしてたんだ」

「俺も杉田に会えるのが嬉しいよ」

「それはお互いさまだよ。じゃあ後でな」

亮平は中央線で二つ目の御茶ノ水駅で総武線に乗り換えた。始発なので楽に座れた。

風呂敷包みの中からベースボールマガジンを取り出して読み耽《ふけ》った。乗り過ごすことがままあるが、今日は注意おさおさ怠りなく、電車が江戸川を通過したところで起ち上がってドアの前に立った。

下り電車の進行方向左側に市川駅北口駅前広場があり、バス乗り場が三か所ある。芝崎家まで徒歩十二、三分の距離だ。

芝崎は頃合いを見て、通りで亮平を待ってくれていた。スーツ姿の亮平を不思議そうに見た。

「日曜日のこの時間にどうしたの？　何かあったのか」

「話したいことがいっぱいあるんだ。昼食をご馳走になりながら、話すとしよう」

「そうしよう」

亮平にとって芝崎は心を許しあえる無二の親友だ。

小学六年生の夏から中学一年生の二学期まで、夏休みを含めて一年半ほど、亮平は兄弟共々千葉県千葉郡二宮町（当時）の児童養護施設〝めぐみ園〟で園児として過ごした。園児で友達の訪問を受けていたのは亮平一人だけだった。しかも、芝崎は六度も来てくれた。

園児たちは外出が禁止されていたので、芝崎たちが計画した市川小学校元担任の高橋先生のクラス会に、亮平が出席するのは難しかったのだ。そのため芝崎は下山久彦《しもやまひさひこ》と相談して、亮平の外出許可がもらえるように、二日間にわたって園長と理事長を説得したのだった。亮平は外出も嬉しかったし、二人に感謝した。ありがたかった。

亮平は十九歳九か月。芝崎は二十歳六か月。芝崎とは小学一年生から、ずっと交流、交友が続いている。亮平は口も達者で言い負かすことが多かったが、芝崎に限って言い合いをしたことが無かった。

二階の座敷で二人はちゃぶ台を挟んで、座布団にあぐらをかいて向かい合った。

オトが食事を運んで来た時だけ、亮平は正座した。

「杉田さん、本当によく来てくださいました。昇はそわそわして待ってたんですよ。ゆっくりしてって下さいね」

「ありがとうございます」

ちゃぶ台にカレーライスとふっくらした目玉焼きと亮平の大好物のポテトサラダが並んだ。

「すごーい。豪華な昼食ですね。僕ん家では考えられません」

「杉田が来るとおふくろは張り切るんだ。おまえは特別待遇なんだよ」

「昇に一番優しくしてくれるのは杉田さんですからねぇ」

「僕のほうこそ芝崎君に一番親切にしてもらってます」

オトが退出し、襖が閉まった。

「美味しいなぁ。お肉がたくさん入っている」

「杉田はカレーライス党なんだよなぁ」

「うん。朝、あんぱんを二つ食べただけなんだ。お腹がぺこぺこだから余計旨いんだな」

亮平の就職の話を聞いている時、芝崎は何度も小さく唸り声を発した。

「杉田を採用した石油化学新聞社は得したと思うな」

「そうだよな。僕は好奇心が強いから取材もできると思うよ」

「杉田ならもっと大きな新聞社に入れると思うけどなぁ」

「でも、石油化学新聞社は業界紙では大きな方かも知れない」

「杉田の作文力なら一般紙でも通用するような気がするけど」

突然、芝崎の声がうるんだ。

「どうしたんだ」

亮平に顔を覗き込まれて、芝崎はいっそう下を向いた。

「〝母の死〟を思い出しちゃったんだ。杉田に読まされて、目頭が熱くなったことを覚えているよ」

「中村晃也《なかむらこうや》の体験を聞いて、ホロっとなって、晃也に感情移入して書いたんだ。晃也の了解を取って、晃也の名前で旺文社の月刊誌〝高校時代〟の作文コンクールに応募したら、第一席で入賞しちゃったのには、晃也も僕もびっくり仰天だった。晃也の家に表彰状と副賞の万年筆が贈られてきたとき、晃也は表彰状まで僕に渡そうとしたので、名前はおまえじゃないかと言って、万年筆だけもらったんだ」

「その話は杉田からも晃也からも聞いてるよ。晃也は杉田にしてやられたみたいに言ってたが、内心は嬉しくてならないっていう感じだった」

「〝母の死〟はやり過ぎだったかも知れない。晃也が確か高二の時だったかな、風邪をこじらせて高校を長期欠席してたんだ。どうせ商人になるんだから、中退すると言い出した時、僕は猛反対して、晃也を目黒の保《たもつ》伯父の杉田医院に連れて行って、レントゲン検査も受けさせたんだ。あの時代、レントゲン科がある医院は少なかったらしいんだ。結局ただの風邪で完治していることが分かった。伯父に頼んで両国高校の小倉校長宛に手紙を書いて貰い、そのお陰で晃也は復学できたし、両国ではビリのほうだろうけど、卒業することも出来たからな」

「杉田は面倒見がいいよな」

「お節介が過ぎるかも知れないが、頼まれ事は受けることにしている。性分だからしょうがないよ。伯父は東大医学部で、戦前ドイツにも留学した名医なんだよ」

「それも聞いている」

「芝崎は市川小学校から中高一貫の名門私立の京華学園に進学して、卒業後中央大学経済学部に現役入学したんだから、秀才で通るよなぁ」

「秀才はないよ」

「芝崎は左目が不自由なのに、苦にしないどころか、糧にして自然体で学んでるから見事だよ。落研《おちけん》で愉しんでいるというかエンジョイしてるのも羨ましいよ」

大学のクラブ活動に落語研究会があるところは少なくなかった。

「一席ぶつとするか」

「きょうはいいよ」

亮平は右手を激しく振った。

「それじゃあ、腹ごなしに自転車に乗ろうや」

「いいねぇ。側車に乗せてくれるんだな。中学生のころに何度も乗せてもらったが、けっこうスリリングなんだよなぁ」

材木を運ぶ為の自転車に付いている側車に乗るのは久しぶりのことだ。

少しだけ積んであった材木を、大工をしている芝崎の兄貴が笑顔で片づけてくれた。

自動車が少ない時代なので、芝崎は自転車のスピードを結構出した。

「爽快爽快。痛快だね。おもしろいといったらないね」

亮平は独りではしゃいだ。

側車遊びが終わったあとで、芝崎が訊いた。

「この後どうするの」

「宮本《みやもと》ん家へ行く」

「そうか。よろしく言ってくれな」

「言っとく。いま思ったんだが、夜、晃也に祝ってもらおうかな」

「いいねぇ。下《しも》さんを誘っていいか」

「もちろん。六時ごろ晃也の家で会うとしようか」

亮平が道路の角で振り返ると、芝崎は手を振ってくれた。亮平は芝崎のあったかさに胸が熱くなった。

3

芝崎家から宮本家まで、亮平の足で五分ほどの距離だ。

宮本雅夫《まさお》の母てつは、お節介が過ぎるほど世話好きだった。亮平は自身とそっくりだと思わぬでもなかった。

てつは紅茶とカステラで亮平をもてなしてくれた。二人は宮本の勉強部屋で座り込んで話した。

無線産業新聞社でアルバイトをしながら両国高校の定時制に通っていたことから、石油化学新聞社の採用試験を受けたことまで、亮平の長話を宮本は厭な顔もせずに聞いてくれた。

「知らなかったなぁ。高橋先生が、杉田が行方不明だと心配していた一年半の間、おまえは業界紙の記者をやっていたのか」

「十代の記者だけど、取材力も筆力も一丁前だと思うよ」

「無線産業新聞って聞いたことないけど、弱電、家電関係では大きい方なのか」

「石田尚宏《いしだなおひろ》っていう社長は、一位を争う業界紙だとうそぶいていたなぁ。気の良い人でもあった」

「杉田は中学三年生の二学期に肺浸潤で休んだから、両国高校は無理だと丸山重一《まるやまおもいち》先生に判断されて、江戸川高校へ行ったんだったな」

「尊敬する名医の保伯父さんから、一年休んでゆっくり養生しろって、厳命されたんだ。おまえは早生まれだから、一年休んでも長い人生なのだから、どってことはない。江戸川の土手を散歩するのも良し、図書館で本を読むのも良し、勉強はしないで、ぶらぶらしろって言ってくれた。〝パス〟っていう薬を三か月分もらって、小岩で開業している知り合いの医師宛に手紙を書いてくれた。クスリ代などは出世払いでよろしくという内容だったらしい。伯父は親父の四歳違いの兄だが、小岩の家庭事情、経済事情などが全然分かってなかったんだ」

「医者の伯父さんの話は聞いたことがあるな」

「親父は小岩駅前の富士映画館と小岩大映でプログラムの仕事をしていたんだ。〝プロ〟って言ってたが、上映予定を知らせるためのちらし広告に過ぎないけど、小岩の商店の広告の実入りが結構あったんだ。僕も洋服店などの広告取りをして手伝ったんだけど、義母や連れ子たちがやっかむんだよ。親父も親父なんだ。広告代の一部で万年筆を買って、『高橋先生から貰ったことにしろ』などと言って、僕に与えるんだ。すぐにばれるよな。夜中まで酒を飲みながら義母と二人で言い合いをしてるんだ。そんなことが年中続いて、〝めぐみ園〟の方がマシだと思ったくらいだよ」

　宮本が呟いた。

「そう言えば杉田は、市川一中新聞部の部長時代も印刷所の広告を取ってきたんじゃなかったか。新聞部担当の眉山俊光《まゆやまとしみつ》先生が堀切国太郎《ほりきりくにたろう》校長に油をしぼられた。くどいほど叱られたって嘆いていたのを思い出したよ」

「学校新聞だから広告はいけないなんて考える方がおかしいんじゃないのか。ま、時代にもよるのかなぁ。そんなことより僕は筆力が断トツだったからこそ、部長にもなれたし、石油化学新聞社にも入れそうだよ。学歴ハングリーはパワーだって言いたいくらいなのに、宮本と同じ両国高校卒に仕立てあげられた。ふざけた話だよ。僕のことだから、そのうち自分でバラすに相違ないと思っているんだ」

　宮本は腕組みして、思案顔になった。そして紅茶をがぶっと飲んだ。

「杉田間違ってるぞ。高橋幸夫さんていう人の立場はどうなっちゃうんだ。機会があったら僕のクラスメートだって言ってやりたいぐらいだ」

「文章力だけは宮本に負けない。おまえは昭和三十二年の両国高校総代だものなぁ。小学三年生からの付き合いだが、学力は常にナンバーワンだった。東京大学工学部でも光り輝いているんだろうなぁ」

「〝音感〟のコーラスでエンジョイしてるから、そうもいかない。ガツガツしないで愉しまなくちゃな」

「僕は習作、小説を書くことで楽しんでいる」

「〝自転車〟以外の作品も書いているのか」

「もちろん。いつの日か必ずものにすると言っておく」

「〝母の死〟で、おまえの筆力は凄いと思った。ひょっとするとひょっとするかもなぁ」

宮本はジャンパーのファスナーを上げたり下げたりしながら続けた。

「杉田の新聞部部長時代に、おまえに張り合って一人で家庭新聞を書いたり作ったりしていたんだ」

宮本から手渡された手書きの家庭新聞を見せられて、亮平は「すげぇ」と感嘆の声をあげた。

亮平はしみじみとした声になった。

「宮本、やるじゃないか。素晴らしいよ。平和な明るい家庭の空気が、鉛筆の手書きの記事から胸に響いてくるものなぁ」


〝一月十八日宮本隆夫君は満十歳の誕生日をむかえた。おめでとう〟

〝文雄君入学四月より〟

宮本文雄君（六歳）は本年度市川小学校に入学することになり、すでに身体検査し知能テストもすみ、いよいよ四月からランドセルを背負い鼻水をたらして学校に通うことになった。

〝雅子女史に月給〟

今度都立十七高等学校を卒業する雅子さん（十八）は住友銀行に勤めることになった。月給は公平に分配すべし！


亮平は黙読したあとで、声に出して繰り返し「時代が違うとはいえ宮本の独善が過ぎるな」とからかった。

「姉に叱られたことを覚えている。いくらなんでもひどいよなぁ。ただし、姉は給料をすべて母に渡していたんだって。自慢の姉だし、宮本家の誇りだよ」

「両国高校の総代の方が上だろう」

亮平に指を胸に突き付けられて、宮本は腕組みし、自信満々の顔を横に向けた。

亮平は紅茶を飲みながら話題を変えた。

「僕のことだから学歴を詐称させられたことを話してしまうに決まってる。ハングリーはパワーだと僕は思っていることだしねぇ」

「繰り返す。念を押しておく。高橋幸夫さんの立場を考えないとなぁ。沈黙は金なり。芝崎と俺限りにしておけよ」

「宮本に命令されたか。なるべくそうする」

「俺は応用化学だから、たまには石油化学新聞を読ませてくれよな」

「ＯＫ。良い考えだな。もう五時か。そろそろ家に帰るよ。小岩村の貧乏長屋は僕を当てにしているから、内定の話を伝えないとなぁ」

「おふくろが杉田の就職祝いとか言って、張り切っていたぞ。おふくろに花を持たせてくれよ」

「今度。じゃあ、またな」

亮平はもう立ち上がっていた。

自宅にすぐ帰るつもりはさらさら無かったが、実情を明かしてはならないと思った。

内定祝いは立石の中村晃也に任せようと芝崎と約束していたからだ。立石駅は京成電車の押上線で国府台駅から五つ目だ。

中村家は大きな反物屋を営んでいた。中村は宮本と同じ両国高校を卒業し、家業の手伝いをしていた。

中村の羽振りの良さは、仲間内で知られていたが、両国高校首席の宮本とはソリが合わず、両人の友達づきあいは皆無だった。

宮本家から国府台駅まで徒歩約十分。

亮平が国府台駅の近くから電話をかけると、中村は在宅していた。

「芝崎と一緒に行くからな。僕の就職祝いを立石の飲み屋でしてもらいたいんだ」

「分かった。風呂の支度もしておく」

「ありがとう」

中村は皆から晃也と呼ばれていた。

亮平が芝崎家に電話をかけるとオトが「昇に代わりますよ」と優しく言ってくれた。

「杉田か。下さんも来てるよ」

「今、晃也に電話したところだ。一足先に行ってるから、君たちも早く来てくれよ。盛大に祝ってもらおう」

「わかった。俺たちもすぐ向かうよ」

　下さんとは下山久彦のことだ。市川小学校一年生からの友達だが、わけても芝崎と仲良しだった。下山は市川市きっての名門中高一貫校の市川学園を卒業して、市川信用金庫に就職していた。色白で穏やかな顔をしていた。人柄の良さは抜群だ。

　二年ほど前に亮平と晃也はこんな話をした。

「君が裕福なのは、銭箱からくすねてくるからなんじゃないのか」

「杉田には、めぐみ園時代に慰問せず、不義理したし、両国高校の復学で助けてもらってもいるので、きちっと説明しておく。キャバレーの経営者も女給たちもウチのお得意さんなんだ。兄たちと一緒にキャバレーなどにも出入りしているから、持ちつ持たれつの関係だが、反物の正札を倍の値段に付け替えておいて、二割から三割引きで買ってもらう訳だ。彼女たちは客から相当ふんだくっているから、それくらいは許されるだろう。おまえたちに振る舞えるのは、俺の悪知恵あるが故だ。この場限りの話を他言したら許さんからな」

「よく分かった。安心して今後とも晃也におごってもらうとしよう」

「杉田も無い袖まで振りかねない男だから、そのうち俺がおごってもらう関係になるかもなぁ」

「そう願いたいねぇ」

　亮平はその夜〝この場限りの話〟を芝崎だけに明かしたが、「芝崎の口の堅さは信じて疑ったことは一度もないからね」と真顔で言い、芝崎も深くうなずいてくれた。

4

　月曜日の朝、亮平は八時半頃に国鉄東京駅に着いて、急ぎ足で幸田ビルに向かっていた。

　石油化学新聞社の若い女性事務員が会議室兼応接室に導いてくれた。既に出勤していた高橋幸夫が現れたのは約十分後の八時五十分。

「成冨健一郎《けんいちろう》社長は土日を含めた五日間、北海道のＬＰＧ業者たちを訪問し、営業活動で疲労気味なので、苛々していると思いますが、何を言われても耐えてください。私に一任していることを忘れていなければ良いのですが……」

「分かりました。僕はにこにこしてれば良い訳ですね」

「その通り。里村君は遅いなぁ」

　高橋が呟いた時、ノックの音が聞こえた。九時五分前だ。

　色白で中肉中背の青年だった。

「おはようございます」

　東北弁の訛りがあるのは東北出身を示して余りあった。もちろん高橋に紹介されたが、里村はにこりともしなかった。

「よろしくお願いします」

「よろしく」

　後で分かったことだが、里村は山形県の出身だった。

成冨社長は、大部屋で一人ずつ面接した。

里村が先は当然だ。里村が帰って、五分後に高橋が亮平を呼びに来た。

「頼むから、我慢我慢で行きましょう」

「はい。頑張ります」

亮平は高橋を精一杯応援してあげようと思わぬでもなかった。

亮平はいつもながらの風呂敷包みを抱えたまま成冨に最敬礼した。

「杉田亮平と申します。くれぐれもよろしくお願い致します」

デスクを隔てて座ったままの成冨は、男前の好青年みたいに見えたが、放った一声は激越だった。

「こんな青ちょろい若造に仕事が出来るはずがない。八十二名も応募者がいて、私には信じられんよ。だいたいコクヨの原稿用紙に履歴書を書くなんていう神経はどうなってるんだ。常軌を逸している」

亮平は一瞬下唇を突き出したが、笑顔を装った。

昨夜、中村晃也、芝崎昇、下山久彦の三人に盛大に就職祝いをしてもらった場面を目に浮かべた。

「間もなく二十歳です。ここにいる誰よりも筆力も取材力もあると思ってます」

「生意気にも程がある」

亮平は再びふくれ面になった。

風呂敷包みをほどいて、何やら取り出した。

〝明るい暮し〟は週刊誌サイズのマイナーな月刊誌だが、亮平の処女小説〝自転車〟が掲載されていた。

「高校時代に書いたのを投稿したところ、掲載されました。原稿用紙で約三十枚です。後でゆっくり読んでください」

成冨はちらりとも見なかった。

雑誌を手にして、唸り声を発したのは高橋だ。

「原稿用紙の束は見せてもらいましたが、掲載されていたのですか。ここまでとは夢にも思いませんでした」

高橋は亮平から成冨に眼を転じた。

「四ページの新聞、いけると確信しました」

「取材力はどうなんだ」

「あります。成冨さんよりあるかもしれませんよ」

亮平が真顔で答えた。

「どこまで生意気なんだ。内定取り消しを覚悟することだな」

成冨の声量がぐっと落ちた。

「高橋、ちょっと来てくれ」

二人が退室した。部屋で一人になると、亮平は成冨が座っていた椅子を蹴飛ばした。

「こんな業界紙は、こっちが断る」

小声だが、亮平は口に出してから、テーブルを右手の拳骨で叩いた。

しばらくして高橋が戻って来た。

高橋は無言で、亮平の肩に両手を乗せた。

高橋が亮平をエレベーターの前まで見送り、エレベーターの中でささやいた。

「必ず巻き返すから安心して」

「僕の方からお断りします」

「そう言わずに頼む」

エレベーターを降りてから、高橋が亮平を拝んだ。

「風呂敷包みの中の雑誌を貰えないかなぁ。私に是非読ませてください」

「友達にあげるつもりでしたが、良いですよ。家に何冊もありますから」

亮平の貌《かお》がほころんだのは、読んでもらえれば自分の実力が分かってもらえると思ったからに他ならない。

強気に出たものの、石油化学新聞社に採用された方が良いに決まっている。第一、宮本雅夫に合わせる顔がないではないか。

「高橋幸夫さんのシナリオ通りにします。強がりはハッタリだと思ってください。両国高校で総代までした親友が『僕のクラスメートで行こう』と言ってくれました。昨日のことです」

「凄いのが友達にいるんですね。大学は？」

「東大工学部です。彼は入学祝に十本ほど万年筆を貰ったので、そのうちの三本を僕に与えてくれました。モンブランとパーカーそれにパイロットです。モンブランを見せびらかされた時はびっくり仰天で、ほんとうにドキドキワクワクしたんです」

「多分もう一度電報を出すことになりますが、明朝九時半に出社してもらうことになると思います」

「『アス　シュッシャ　サレタシ』ですね」

亮平は笑顔を輝かせたが、高橋は苦笑した。


翌日の火曜日も亮平は九時ちょっと過ぎに石油化学新聞社に到着していた。

手塚陽子《てづかようこ》という中年の女性事務員が亮平を迎えてくれた。

「杉田さんは十四人目の社員です」

「へえー」

亮平は大仰にのけ反った。

「僕は昭和十四年の生まれなんです。何だかツイてる気がします」

「高橋幸夫さんも同じことを言ってたわよ。『年齢の割には相当出来るのが現れた。私はツイてる』だったかしら」

「嬉しいなぁ。だけど社長の成冨さんっていう人は、僕のことを、使い物にならないようなことを言ってましたからねぇ」

「きょうは逆だと思いますよ。私は井桁《いげた》さんの下で、経理や総務の仕事をしています。土曜から月曜まで三日間の往復の電車賃と今朝の分を後で請求してください」

陽子は亮平に定期券を手渡しながら続けた。

「里村信《しん》さんはアイウエオ順でも年齢でも十三番目の社員になる訳です」

「そりゃあそうでしょう。十四番目でよかったです」

亮平は心底嬉しくてならなかった。

「杉田さんの席に案内するわ」

ドアから最も遠い場所に机と椅子が三つ固めてあり、亮平は壁を背にして着席した。

スチール製の机は結構なスペースで、片袖の引き出しがついていた。

「編集の出社時間は九時半よ。取材で直行する人もいるので、結構まちまちなの」

「僕はせっかちなので早く出社しますが、構いませんよね」

「もちろんよ」

里村が現れたのは九時二十分。高橋の出勤は九時三十分ぴったりだった。

亮平も里村も起立して挨拶した。

「おはようございます」

「おはよう」

高橋は何故か笑顔で亮平の肩を叩いた。

「さっそく、今日から頑張ってもらいたいねぇ。里村君もよろしくな」

「はい」

亮平は大きな声を返した。里村は小さくうなずいた。

「名刺が出来るのは午後一時だから、それまで三人で話をしよう。石化新聞のあるべき論などを聞かせてもらえれば、ありがたいなぁ」

「そこまでは無理ですよ」

亮平が里村に眼を流しながら言うと、高橋は笑顔を消さずに返した。

「そうかなぁ。君は色々言いたいことがありそうな顔をしているけど」

「採用試験で書いた作文以上のことは言えませんし、何も分からないのが本音です」

高橋が咳払いをして、改まった声になった。

「三か月の試用期間を経て本採用、編集記者になる訳だが、試用期間とはいえ、取材もしてもらうし、記事も書いてもらいます。当然のことながらと付け加えさせてもらいましょうか」

「そうなんですか。試用期間は研修期間と思ってました」

「杉田君、業界紙、専門誌にそんな余裕はない。二年ほど前の自分がそうだった。里村君と杉田君は八十二名の応募者の中から選ばれたエリートなんです。私の眼が節穴でないことを証明してもらえると確信しています」

亮平は吹き出しそうになった。〝エリート〟はいくらなんでも気恥ずかしい。穴があったら入りたいくらいだ。

高橋が「うんっ」と再び咳払いをした。

「週二回発行している新聞は二ページ、つまり一枚だけなので、それを四ページにすることが、我々三人のノルマだと考えてくれるとありがたい」

「はい」

「はい」

亮平の返事は大きかったが、里村のそれは、か細かった。

「言い忘れたが、石化新聞の営業マンが一人います。名前は高野久《たかのひさし》。高野君は大阪に出張中です。

年齢は二十五か六。それと大阪支局に石化新聞担当記者の奥野宏《おくのひろし》君が存在することを忘れてはならない。年齢は二十六だったと思う。口から先に生まれてきたような男だが、仕事も出来る方だろう」

高橋の表情が歪んだのはソリが合わないことを示していた。

「話を戻すが、里村君も杉田君も即戦力として期待されていることを肝に銘じてもらいたい。いや銘じてください」

高橋にお辞儀をされたので、亮平は机に額がくっつきそうになった。

そこに成冨が加わって、質問した。

「どんな本を読んだか教えて欲しい」

「『暗夜行路』は二回読みました。今はチェーホフとゴーリキーの往復書簡集を読んでいます。ゴーリキーはペンネームで、最大の苦境という意味らしいです」

亮平が元気よく答えた。

「杉田の舌の回転に驚くやら、あきれるやらだが、ま、高橋が惚れ込んだんだから使ってみるとするか」

成冨の表情が激しく変化していた。もちろん笑顔に決まっている。

「成冨さんとの初対面では、ひどいことを言われたので、信じられません」

「二人の試用期間三か月。正式採用を決めるのは来年一月末だな」

成冨の表情はゆるみ放しだが、言葉は厳しい。

(業界紙、専門誌の記者なら、どこだって入れますよ)

むろん亮平の胸中はそんなところだが、さすがに口にしなかった。

見せびらかしたい事は山ほどあるが、小出しにしなければならない、と我が胸に言い聞かせた。

成冨が里村を伴って移動した。

「それにしても杉田君は、おしゃべりも相当なものだな。社長に対しても……」

高橋はしみじみとした表情で続けた。

「実は採用を任されたとはいえ、社長がどう出るか心配で心配でならなかった。あとは〝この場限り〟を忘れないことを祈るのみですからね」

「でも学歴のハングリーは逆に自慢なんです。僕の売りなんです。アルバイトで業界紙の仕事をしたこともあるんです」

「私の立場も考えて……。バレたらクビですよ」

「両国高校の秀才にも高橋幸夫さんっていう人の立場を忘れるなと念を押されました」

「ありがたいなぁ。そのうち三人で一杯やろう」

「はい。でも本採用になってからでしょう」

そのうちは当てにならないが、亮平はうなずかざるを得なかった。

「趣味の欄の〝麻雀〟を消してもらったが、社長も私も麻雀が嫌いでね。ただし、井桁総務部長は好きですよ。井桁さんは中央大学法学部出身の好人物です。誘ってあげたら喜ぶと思う」

「僕は相当強いですよ。中三のころに覚えましたので……」

亮平は牌をかき混ぜる素振りをしながら笑顔で続けた。

「中学生の時、日記に書いて担任の教師から、どれほど叱られたことか」

ないのか」

「意味がよく分からないなぁ」

「日記を書け、そして見せなさいって、担任の丸山重一先生に命じられて、友達の山崎治雄《やまざきはるお》君の家で麻雀をしたことを書いちゃったんです。賭け金無しでお遊びですけど、丸山先生から一人一人呼びつけられてお説教されました」

「中学三年生で麻雀する方も普通じゃないでしょう。日記に書くなんてどうかしてるんじゃないのか」

「僕は日記を見せろと言った先生が一番おかしいと思っています」

時刻は九時四十分。社員が出勤していた。亮平が眼で数えたところ八人いる。皆んなこっちを見ていた。亮平は三度も笑顔で会釈した。

この日午前十一時ごろ、杉田亮平は成冨社長から会議室兼応接室に呼ばれた。

「〝自転車〟読ませてもらった。いつ書いたの」

「高二の時です。小岩に一店だけ日経新聞の販売店があって、そこで新聞配達のアルバイトをしてました。日経新聞は販売部数が少ないので、配達区域が広範囲なんです。ですから自転車で配達していた訳です。大学生のアルバイトに『筆を折ることにしました』と言って、嗤《わら》われたことを覚えています」

「筆を折るか。いっぱしの作家・物書きが言うせりふだな」

成冨は笑顔で続けた。

「私も作家を志したことがある。筆力で君に負けるとは思わないが、高二でこれだけ書くとは恐れ入ったよ。筆を折る必要などない。習作を続けたら良いだろう。ただし、勤務中はいかんぞ」

「当然です。ただ、電車の中などで作文を考えたりしてるんです」

「そこまで禁じるとは言わんよ。それにしても高校生で新聞配達をしていたのか。良家のボンっていう顔をしててな」

「それは成富さんの方です。きょうの笑顔は素晴らしいです。きのうとは別人と言いたいくらいです」

「確かに口達者だ。高橋も言ってたが……」

「口喧嘩で負けたことはありません。同じことを三度繰り返せば、皆んな引っ込みます」

「話を〝自転車〟に戻すが、杉田君の処女作と言っていいんだな」

「はい。綴り方や作文はいっぱい書いていますけど、小説らしき物は、〝自転車〟が初めてです」

「パンクした自転車を引き摺って、市川橋付近で修理した経験はあるのかね」

「いいえ。作り話です。新興宗教にのめり込んでいる両親を哀れんで書いたのです。義母に振り回されている父が可哀想でなりませんでした」

成富は腕組みして、唸るように言った。

「最後のシーンは見事だ。パンクした自転車に妹を乗せて、力まかせにペダルを踏むシーンは胸に響いた。小説は続けるべきだ。私も君に張り合って書くかも知れんぞ」

「仕事も頑張ります」

「うむ。高橋を助けてやってくれ」

ノックの音がし、手塚陽子が顔を出した。

緑茶を入れた湯飲み茶わんがテーブルに並んだ。

中腰になりかけた成富が「ありがとう」と言って、椅子に座り直した。

「話を〝自転車〟に戻すが、市川橋の袂に自転車店があるのは事実なのか」

「はい。小岩側の近くにあります。小僧と話したことはありませんが、意地悪そうに見えました」

「なるほど……繰り返すが、圧巻は妹の和枝《かずえ》をパンクした自転車に乗せて走るシーンだな。胸にぐっときた」

「ありがとうございます」

亮平は起立して低頭した。

5

亮平が腰を抜かす程驚いたのは、里村が十一月二十五日の給料日の翌日に出社せず、以後もなんの音沙汰もなかったことだ。

高橋が亮平に向って言い放った。

「実をいうと出社に及ばずと言いたいくらいだったんだ。彼については眼鏡違いを恥じ入るしかない。杉田君がその分を相殺してくれてるので、社長から叱られずに済んだ訳だ」

「どうも」

「ついでながら、君の試用期間は今年いっぱいに決まったようだ。成富社長の評価がやたら高くてねぇ。一か月前倒しになって良かった」

「僕は原稿も書いてるし、ほんのちょっぴり営業もやりましたから。日石化学コンビナートの六社会を担当させてもらえたのが良かったんです。高橋さんのお陰です。ありがとうございました」

「そういうところが偉い人から好感をもたれるんだろうなぁ。こちらこそ杉田君のお陰で編集局長なんていう大層な肩書が通用してると、君に感謝している」

「持ちつ持たれつですね」

文章力もレベル以上と自負していたので、原稿も少し書いた。

少しどころではない。高橋が内心唸ったほど、即戦力として存在感をアピールしたと言える。ここまでやるのは如何かと思ったが、新聞の拡販、拡張にも傾注した。

発足して間もない石油化学工業協会（通称石化協・昭和三十三年六月設立）が霞が関の化学工業会館内にあった。

石油化学メーカーは全て石化協の会員なので、石油化学新聞社にとっては取材先として重要な存在である。

偉そうで大きな顔をしていた永野《ながの》事務局長とも話せたのは、亮平の押しの強さによるが、物怖じしない性格とも言えた。

昭和三十年八月に日本石油の全額出資で設立された日本石油化学株式会社が、国鉄山手線の有楽町駅近くの日石ビルに在った。日石化学と称していたが、亮平が飛び込みで取材したところ高《たか》井《い》総務部長が親切で、林茂《はやししげる》専務取締役と三輪善雄《みわよしお》常務取締役を紹介してくれたのである。両人とも東大工学部応用化学の出身だった。親友の宮本雅夫の先輩だったのだ。

両人の知遇を得られたことは、亮平にとって大きな収穫になり、後々どれほど役立ったことか。

日石化学は神奈川県川崎市千鳥の埋立地にエチレンセンターを建設中だった。ナフサ（粗製ガソリン）を分解して、エチレン、ブタン、プロピレン、BB（ブタン・ブテン）留分などの素原料を昭和油化（昭和電工の子会社）、鋼管化学（日本鋼管の子会社）、旭ダウ（旭化成と米ダウ・ケミカルの折半出資による合弁会社）、日本触媒化学工業、日本ゼオンなど五社に供給し、ポリエチレンやエチレンオキサイド、エチレングリコール、ブタジエンなどの合成樹脂、合成ゴムの原料を製造するので、日石化学コンビナートと称されていた。

特筆すべきは、海外からの技術導入一辺倒の石油化学業界で唯一、日本触媒化学工業は自己技術でエチレンオキサイド、エチレングリコールなどの生産設備を建設中だったことだ。先発組の三菱油化や三井石油化学はすでに生産していた。

亮平は日石化学コンビナートを取材の対象とすることを独断で決めた。もっとも高橋幸夫の取材先ではなかったので、試用期間中といえども取材して当然と思ったまでだ。

亮平の試用期間は十二月末に繰り上げられ、同月二十五日の給料支給日に手渡された給料袋をトイレの便座に座って、開けて見た時、九千円の給与と一万円のボーナスまで入っていたのには、嬉しくて涙がこぼれそうになった。

トイレから大部屋に戻った亮平は、成冨のデスクの前に立った。そして盛大に頭を下げた。

「成冨さん。本当にありがとうございました」

「高橋も君に感謝している。よく頑張ってるな。試用期間を短縮して来年一月から本採用とする」

「嬉しいです。ありがとうございます」

亮平の笑顔に誘われて、成冨もきれいな笑顔で亮平を見上げた。初対面の時とは雲泥の差だ。

亮平が以後も「成冨さん」で通したのは、初対面での「こんな青ちょろい若造に仕事が出来るはずがない」の一言に根差している。我ながらしつこさも相当なものだと思わざるを得なかった。

「里村君はわずか一か月で辞めてしまった。高橋も見間違いだと頭を下げたよ。当分、二人で頑張るしかないな」

「はい。頑張ります」

「君のことだから二人分の仕事をするんだろうな」

「それは無理です。一・五人分くらいのところでしょうか」

「物怖じしないのは杉田君の取り柄だろうな」

「はい。僕は幼少期から恐怖心より好奇心の方が強いと思い続けています」

「なるほどなぁ。そういうことかぁ」

成冨は感じ入ったのか、引っ張った声で言ってから、「うーん。うんうん」と何度も深くうなずいた。

6

成冨健一郎が窓ガラスを背にした中央の自席に、高橋幸夫と杉田亮平を呼びつけたのは昭和三十三（一九五八）年十二月二十七日午前九時四十分だ。

高橋は成冨と正面に向き合い、亮平は左袖に座った。二人とも丸椅子だ。

成冨の大きなデスクに石油化学新聞が広げて置かれていた。昭和三十四年一月一日（木曜日）号で、刷りあがったのは昨夜である。八ページの新年特集号だ。

「二人ともよくぞ頑張ったな。特に杉田はいくら褒めても褒めたりないぐらいよくやった」

亮平は嬉しくて、白い歯がこぼれそうだった。

「杉田がルポした川崎コンビナートの方が迫力あるし、読み応えもあるな。高橋が書いた三井石油化学の岩国工場はすでに完成された石油化学工場だ。〝建設すすむ、パイプの街・川崎〟〝パイオニアの自覚にも力と熱が〟〝手を結ぶ六社の鉄骨〟〝川崎だけが持つ協調性〟の見出しだけ読んでも読者の気を引く」

成冨は新聞から眼を上げて暫く高橋をとらえた。

「なんでこっちを一面にしなかったんだ」

「整理部に任せていますので」

「君は編集局長だ。君が決めれば済むことだろうが」

「そうかも知れません。私の判断ミスです」

高橋は真顔で大仰に低頭した。

「社長が杉田君を褒めてくださったことは、私も嬉しくてなりません」

高橋の笑顔の素晴らしさは、亮平にとってもありがたい。頬がゆるみ放しだった。

成冨が照れくさそうな顔をしたのは、亮平との初対面の場面が頭をかすめたからに相違なかった。

亮平は自席に戻って自筆の記事の前文と結びを再読した。校正を含めて既に五、六回は読んでいる。

亮平が川崎市千鳥の建設現場に向かったのは十二月上旬のことだ。

建設現場はどこも活気が漲《みなぎ》っており、技術者たちは現場の状況を懸命に説明してくれた。プラントや計器室なども見学したが、良く分からないながらもワクワクして取材した。

亮平は、関西では名門ながら関東ではさほど知られていない日本触媒化学工業の石川三郎《いしかわさぶろう》工場長とのやり取りの場面を思い出していた。

「プラントは計画通り完成しますか」

「もちろんです。ウチが六社の中で一番早く立ち上げてご覧にいれます」

「自信たっぷりですね」

石川はニコッと笑ってうなずいた。

〝建設すすむ、パイプの街・川崎〟

川崎市の消費的な面を強調すれば〝競輪の街〟ということになり、生産的な面を強調すれば〝工場の街〟ということになる。

ジャンパー姿のアンチャン、エプロンかけのおかみさんがはばをきかせて、休日ともなれば三本だて映画館がたてこむこの街に新しい技術を駆使した石油化学センターが誕生しようとしている。このセンターが落とす金はざっと見積もっても二百億円にも達するが、工場誘致に慣れ切ったここの市民は鼻もひっかけない。「石油化学ってなんだヨー。油の工場か……」てな調子で、最近できあがった川崎駅ストアーと競輪に話題をにぎわしている。しかし、川崎市当局の皮算用は、見果てぬ夢を追って、塩浜の埋立という打ち出の小槌をふって、まずまずといった調子で悦に入っている。川崎駅から京浜線で十数分。終点の塩浜をおりると、新開地のあわただしさと、ぶつかってくるような建設の力強さが皮膚に感ぜられた。日本のヒューストンとか、スパゲティ・ボール・パイプラインズとかいわれるこの塩浜一帯の石油化学工場群は、日本石油化学を中心にわが国ではじめて陽の目をみる、石油化学のコンビナート化なのである。

総合石油化学の中心を三井の岩国、三菱の四日市とすれば、川崎はコンビナートによるメッカだといえよう。ここに工場を建設中の六社が、六社会をつくって、お互いの連携を最優先においているのもまことに当然である。

今年五月銀色サン然とした石油化学工場群が林立するのをまのあたりにすれば、川崎の市民も「すげえなあ」と目をむくことであろう。ざっとみてポリエチレン、エチレンオキサイド、エチレングリコール、スチレンモノマー、ポリスチレン、アセトン、IPA(イソプロピルアルコール)それにこれらの中心原料ガスを製造する工場と、その規模においては日本一のセンターである。将来に発展する基礎がいま築かれているわけで、新たに数社がこの辺り一帯に集中することを思えば、川崎地区の石油化学センターの前途は、まさに今年こそ明けゆく年の第一歩にふさわしい。

〝深く静かに……歴史に巨大な足音〟

わが国の石油化学は、ここ川崎を中心に大きく飛躍しようとしている。日本石油化学、昭和油化、古川化学工業、日本ゼオン、日本触媒化学工業、旭ダウ……これらのメーカーは現在工場の建設作業を急いでいるが、パイプラインの幾何学的に交錯する日もあと五か月後にひかえている。新しい年昭和三十四年が、石油化学にとって画期的な年になることはいうまでもないが、日本、産業界に大きな足跡を残し、ゆるぎない礎をすえるのも今年であろう。

川崎塩浜を中心に一大石油化学センターが誕生しようとしているにもかかわらず、川崎にはブームにわきかえるあの街ぐるみの狂騒はみられない。それは工業都市川崎の持つ地味な性格をそのまま反映しているといえなくはないが、深く静かにという言葉がぴったりと示している。

塩浜には、なにか力強い新興の息吹が街のすみずみに感じられる。クレーンを操る作業員の日焼けした顔に、そのふしくれだった腕に、ひとにぎりのつちくれに……それらひとつひとつに新興の息吹が脈々とつながっている限りない発展を約束された明日の業界の姿が感じられるのだ。石油、燃える水石油……この底知れないいまかふしぎなものを蔵している石油から、合成繊維が、プラスチックがうまれると、三十年前いったいだれが予想したろう。そして今から十年先いや五年先の石油化学業界の姿を予想することさえ困難であろう。石油化学の歴史をひもといてみたとき、それが瞬く間に驚異的な発展をとげたことがうかがい知れる。川崎地区の大石油化学センターの完成は、石油化学の歴史に巨大なそのページを記すことになる。

亮平は『試用期間中に良くやった。大したもんだ』、『一丁前の新聞記者以上の仕事をしたな』などと胸の中でつぶやいていた。

第二章　国策会社

1

昭和三十三（一九五八）年十二月二十八日、杉田亮平は小岩の自宅で一日を過ごした。ボーナスの一万円と給与の九千円のうち四千円のみ小遣いとしてポケットに仕舞い、一万五千円は義母の福子に手渡した。父親の三郎に拝むような仕種をされて「そうしてくれんか」と頼まれたからだ。

二十九日から大晦日までの三日間は、立石の中村晃也の実家の反物店の手伝いをした。そのおかげで駄賃代わりの夕食も風呂も済ませられたので、亮平の帰宅は深夜になった。当時、亮平は酒類を一切口にしなかった。体質的に飲めなかったのだ。

三郎と福子は毎晩、したたかに酒をくらって、いぎたなく寝込んでしまっていたので、帰りが遅くなっても亮平は安心して布団の中にもぐり込めた。六畳の部屋に男兄弟四人が一緒なので、窮屈きわまりないが、疲れ切っているので、すぐさま眠りに就く。

年が明けた一月四日午後三時頃、亮平は晃也と市川市菅野《すがの》に住んでいる小学校時代の恩師である高橋光芳《みつよし》を訪問した。

八畳の客間で新年の挨拶を済ませたあと亮平は石油化学新聞社に就職したことを伝えた。

「それは良かった。長続きすることを願いたいなぁ」

「創業者の成冨健一郎さんと編集局長の高橋幸夫さんの二人が僕を評価してくれました。成冨さんは小説の習作を続けろとまで言って励ましてくれました」

晃也が口を挟んだ。

「風呂敷包みの中に新年特集号が入ってるんじゃないのか」

「うん。先生、後で読んでください」

亮平は包みをほどいて新聞を出して、高橋の脇に置いた。そして、晃也に眼をやった。

「晃也、先生に結婚のおめでとうを言いに来たことを忘れてるぞ」

「忘れてない。おまえが自分のことを先に話し出したんじゃないか」

高橋の顔が微妙に変化した。

「市川小学校で君たちと同じクラスだった青木《あおき》優子《ゆうこ》と結婚したんだ。披露宴などの大袈裟なことはしないことに決めた。三十五歳と二十歳で十五歳も年齢が下なので気恥ずかしくもあるしねぇ」

「でも、晃也や宮本、芝崎、下山など先生を慕っていた数人でお祝いの会をやらせてください。僕が今日あるのは先生のお陰です。けじめをつけさせてください。お願いします」

亮平が頭を下げた。晃也の頭の下げ方はもっと低かった。

「杉田も中村もありがとう。お気持ちだけいただいておく。そういうことで、決めたことでもあるし、家内は市川から逃げ出したいとまで言ってるんだ。きょうも君たちが来ると聞いて、実家に行ってしまった」

「青木さんって、色白の美人で、かしこい女性だったよなぁ」

「そうそう。かわいくて男子から人気があったな。先生には勿体無いくらいですよね」

「杉田、そこまで言うのは失礼なんじゃないのか」

言葉とは裏腹に、高橋の笑顔は、まんざらでも無いことを示していた。

「僕が不思議に思うのは、中学生時代、市川駅近くのお好み焼屋や蕎麦屋で、先生に何度もご馳走になっていたのに、青木さんが一緒だったことは一度もありませんでした」

「当然だろう。二人の気持ちが通い出したのはこの一年ぐらいのことだからねぇ」

「作家志望の杉田にしては分かってませんよねぇ。男女の機微が……」

亮平は言い返せず、卓上の薄皮饅頭に手を伸ばし、それを一口に頬張った。

「繰り返しますが、僕が今日あるのは先生のお陰です。〝めぐみ園〟から脱出できたのも、市川一中に転校できたのも、先生が宮本家を寄留先にと考えてくださったからなんです。高校時代に疎遠になったことをお詫びしなければなりません。中学生の頃鎌倉の鶴岡八幡宮の長い階段を先生と二人で肩を寄せ合って歩いた記憶は鮮明で、生涯忘れないと思います。小岩の皆んなにやっかまれ、ここにいる晃也もさぞや相当やっかんだと思います。高橋先生が〝めぐみ園〟に来てくださったことは僕の誇りです。下山久彦君、芝崎昇君、林征一郎君、木川正雄《きがわまさお》君、寺井恵美子《てらいえみこ》さん、金定俊子《かねさだとしこ》さんの六人は別格です。とにかく施設で友達の慰問を受けたのは僕だけでした」

「実を言えば、一緒に行きたがった者はもっといたが、ぞろぞろ連れて行く訳にもいかんからねぇ」

高橋家からの帰りの京成電車の中で亮平が言った。

「高橋先生、元気が無かったよなぁ」

「新婚早々で色々気苦労があるようなことを言ってたじゃないの」

「そうだな」

「杉田、小説の方は当分おあずけにして、記者稼業に打ち込めよ」

「晃也にそこまで言われる覚えは無いぞ。〝母の死〟の作文と、僕のおかげで両国高校を卒業出来たことを忘れるな」

晃也はぷいと横を向いて、黙り込んでしまった。

電車が小岩駅に近づいた時、中腰になった亮平の肩を晃也が押さえつけた。

「立石のおでん屋で一杯やろうや。杉田は飲む方はからっきしだけど、食欲は常に旺盛だものな」

「うん。アルコールに弱いのは実母の遺伝子だからどうしようも無いよ。ただし、鍛えれば少しはいける口になるかも。親父は底無しだが、似なくて良かったと思ってるよ。義母の福子と毎晩飲んだくれてるから、ひどいもんだよ」

「でも酒乱とは違うし、楽しい酒じゃないか」

「晃也が知らないだけのことで、『俺の子、おまえの子』『私の子、あなたの子』で毎晩やられたら、頭が変になる。よくぞ我慢してるって言いたいくらいだ。ほかの子供たちも然りだが……」

二人の話はおでん屋にも及んだ。店は空《す》いていて、カウンターのはじっこでのひそひそ声は続いた。

「高橋先生が失業中の身であることは知ってるんだろう？」

「えぇっ！　知らない。先生は教育熱心で剣道三段でもある。恩師中の恩師、恩人中の恩人だから、僕に力があれば助けてやりたいよ」

「俺はすがりつかれて、結構面倒みたけど、借金生活も限界に来てるみたいだ。高橋先生は代用教員で、教員資格を取得してなかったからなぁ」

「代用教員でありながら、あんなに教育熱心な先生はいなかったよなぁ。僕は恩師をあげるなら高橋先生しかいない。変なことを思い出したが、市川一中に転校した時、一年六組だった。担任が高橋先生の市川学園の後輩で、林征一郎がクラスメイトにいるから僕にとって都合が良いとのことだった。そんなことまで可能だった時代でもあったんだなぁ」

「高橋先生は杉田のことになると懸命になるんだよ」

「中学、高校で〝ある恩師のこと〟と題して三回も作文に書いて、他の教師に褒められた覚えがある」

「高橋先生に見せたのか」

「そこまで図々しくも厚かましくもないよ。教員資格を取得する方法はあったはずなのになぁ。江戸川高校の一学期にクラスメイトだった遠山尚孝《とおやまなおたか》君は、真間《まま》中学の時、高橋先生から剣道の手ほどきを受けたことがあり、素晴らしい体験をしたと自慢してたな」

「高橋先生は教育者に拘泥してたが、転職していれば、その道で伸していけたと思うんだ」

「そうかも知れないなぁ」

亮平は考え込んでしまった。

「仕事は教師だけじゃない。転職の方途を考えるべきだったんじゃないだろうか」

「なりふり構わない杉田とは違うんだ。高橋先生は教員の前は宮内省の皇宮官だったんだ。杉田も先生のことは忘れた方がいいよ」

「そうかなぁ。もっとも、今のところ何もしてあげられないが……」

「杉田は頼まれごとに弱いから、心配でもあるよ。ほどほどにしないとな」

「小岩の連中は僕を当てにしている。義母の擦り寄り方なんて、口に出すのも恥ずかしいよ。一、二年は面倒見ざるを得ないと思うけど、なるべく早く自立しようと考えてるんだ」

「一年も二年も孝行できるのか。俺は小岩の長屋の事情を一番知ってるが、引き取ってやったんだなんて平気で口にする。あんな女のどこにおまえの親父は惚れたんだろうか」

「情念の世界のことは傍ではうかがいしれないよ。しがみつかれた親父もどうかしているけど、結局何も分からないとしか言いようがないんだ」

「俺の見るところ、おまえは面倒見が良すぎるよ。自立できるんなら、早くそうしろよ」

晃也はたて続けにぐい呑みを手酌で呷った。

「芝崎や下山の意見はどうだろうか」

「俺と同じ。杉田の筆力なら、どこでも通用すると確信してるよ」

「そうだな。石油化学新聞で証明してみせるよ」

「とにかく杉田は自分のことだけ考えろ。一日も早く小岩の家を出ることだね」

2

翌一月五日は仕事初めの日だった。亮平は午後一時頃、霞が関にある石油化学工業協会(石化協)に顔を出した。

新年会で大きな鮨桶が用意されていると聞いていたので、少しつまみ食いさせてもらおうと思っていた。

石化協に入るとすぐに永野事務局長がいた。永野事務局長は亮平と眼を合わせるなり、近づいて来た。大柄で、態度もでかいが、亮平は嫌いではなかった。

「明けましておめでとうございます。本年もよろしくお願いいたします」

「おめでとう。よく来てくれたな」

「お鮨をご馳走になれると思ったんです」

「あとでゆっくり食べなさい」

永野は右手を亮平の頭に乗せた。

「それより杉田君、このボサボサ頭なんとかならんのかね。ポマードぐらい塗って七三に分けるぐらいのことはしてもらいたいなぁ」

「僕は石化協の職員ではありません。新年早々永野事務局長から頭髪のことでとやかく言われるなんて夢にも思っていませんでした」

「そんなにむきになるな。石化協で働く気はないのか。二流の業界紙よりはずっとマシだろう」

「二流の業界紙を一流の業界紙にする為に頑張るのが僕の使命です」

「使命ときたか。ここで働く気はゼロで、可能性もないのか」

「ありません。でも永野さんは嫌いじゃないので今後も取材には来ますし、永野さんを記事にすることも考えます」

「ふうーん、そうか。石油化学新聞の新年号を読んで、君をスカウトする気になったんだがなぁ」

「その点は感謝します。嬉しいです。じゃあ失礼します」

亮平は一礼すると、鮨も食べずに慌しく退出した。

亮平は二階から一階までの階段を降りながら、頼まれ事は受けたいが、それとこれとは別問題だ、と結論づけた。

『鮨桶を勿体無いことをしたなぁ』としみじみと思ったのは、石油化学新聞社に戻ってからだ。会議室のテーブルに鮨桶はなく、サキイカなどの乾き物とみかんが並んでいるだけだった。


一月二十四日土曜日の昼前、ひと仕事した後で、亮平は高橋幸夫に話しかけた。

「あしたは僕の二十歳の誕生日なんです」

「そうか。それはおめでとう」

「日曜日で恐縮ですが、小岩の自宅に来てくださいませんか。たいしたおもてなしはできませんが、夕食をご馳走したいと思っています」

「喜んでお受けする。六時ごろでいいのかな」

「はい。総武線の小岩駅北口の改札でお待ちしています」

「分かった」

高橋は終始にこやかで、日曜日なのにわざわざ杉田家を訪問することを楽しみにしている様子だった。

杉田家は柴又通りに近い三軒長屋の真ん中で、六畳と四畳半二間の三部屋しかなかったが、亮平は中学、高校時代も友達を呼んで、雑談したり将棋をするのが好きだった。

義母の福子は「亮兄はこんな長屋によく友達を連れてくるねぇ。六人の子供の中で、お前は本当に変わっているよ」と妙に感心してくれた。

「友達が多いのは僕の自慢だし、家の大きさは関係ないよ」

「そうね。ほかの子供たちはやっかんでいるかも知れない。でも気にする必要は無いんだからね」

「親父も人を呼ぶのが好きだよね」

「そう。お前とそっくり」

亮平はその日に受け取った月給袋を小岩の家族の前で開封した。なんと一万五千円だった。当時の大学卒の平均的な初任給が一万三千五百円と言われていた時代である。

亮平は腰を抜かす程びっくり仰天した。亮平以上におったまげたのは両親だ。特に義母の福子は眼を剝いて声をうわずらせた。

「亮兄は朝から晩まで働き詰めに働くから、社長さんの評価も高いんだねぇ」

「全部、おふくろに手渡したいところだけど、そうもいかないからね。近く出張や何やら色々あるので、とりあえず一万円だけ渡しておく。それでも兄弟の中では僕が一番だと思うけど」

「もちろんだよ」

『杉田家には三人長男がいる』が福子の口ぐせである。連れ子の晴彦《はるひこ》は亮平より一年下だ。福子の扱いは飯の量も着る物も対等だった。施設から引き取ってやったという言葉が全てを物語っている。

異母弟の龍史《りゅうすけ》はまだ七歳、異母妹の正子《まさこ》は四歳だ。

「僕は周りの人たちから優しくされて、ツキまくっている。中三の二学期にここで臥せっていたことの恩義は忘れないけど……」

「当然のことをしたまでで、恩義なんて言わないで」

福子にしては静かなもの言いだった。

「五千円は余ったら残りを渡すよ。それと、明日二十五日は僕の二十歳の誕生日なので、石油化学新聞社に採用してくれた高橋幸夫さんていう上司を家《うち》に招待したいんだ。高橋さんに話したら喜んで来てくれるって」

「お安い御用だ」

三郎の方が嬉しそうに答えた。

日曜日の夕方、亮平以外の子供たちは早い時間に夕食を摂って、外出していた。

三郎と福子はすき焼きで高橋をもてなした。高橋はいける口で、結構日本酒を飲んで、上機嫌だった。

高橋の帰宅後、福子がしみじみのたまった。

「あの人は洒落者だね。コートの裏地がきれいなエンジ色だったよ」

亮平がなるほどと思ったのは翌日のことだった。

3

成冨健一郎と高橋幸夫が会議室兼応接室で話していた。三月十日午前十時過ぎのことだ。

「杉田君に四日市を取材させたいと思うのですが。十二日には三菱油化がナフサ分解装置を稼働させることになっていますし、建設中の日本合成ゴム工場の記事も書かせたいです」

「良いだろう。それは本人が取材したがってるのか」

「いいえ。まだ話してません。しかし、否も応もないと思います」

「違うな。取材したいと言うのと、取材してこいでは意気込みが違う。杉田はどうしたんだ?」

成冨はドアを開けて辺りに眼を遣りながら、杉田の不在を確かめた。

「日石化学の林専務に朝九時に会うと昨日言ってました」

「林さんに食い込んだのは見事だよ。石油化学業界の有名人だし、人柄も素晴らしい。高橋は会ったことないのか」

「もちろんお会いしていますが、気難しい感じですよね」

「表情で人は決められないぞ」

「東大工学部応用化学でもトップクラスだったと同社の高井総務部長から聞きました」

「杉田はもの怖じしないからなぁ。ま、とにかく国策会社である日本合成ゴムの工場見学は、ルポする価値はあるだろう。杉田が行きたいと言い出したら認めてやろう」

「よろしくお願いします」

高橋が嬉しそうに頭を下げた時、ノックの音がした。手塚陽子だった。

「高橋さんに電話です。杉田さんからです」

「はい」

高橋は退出して直通電話の受話器を手にした。直通電話機は総務部に一本しかなく、切り替えの子機も無かった。

「もしもし、高橋です。杉田君、林専務とは終ったのか」

「はい。この足で日本合成ゴムの本社に行ってきます。急いでいるので結果は後で話します。じゃあ」

「ちょっと待ってくれ」

「昼過ぎには戻ります」

「分かった。私も取材に出るから……。もしもし……」

高橋は呼びかけたが、もう電話は切れていた。

『せっかちにも程がある』

高橋が苦笑しいしい部屋に戻った。

「せっかちにも程がありますよ。付いていけません」

「良く言えばスピード感があるということだろう。我々は杉田に先回りされただけのことだ」

「私に一言も相談なく、よくやりますよ」

「いっぱしの記者なんだ。追認するしかないな」
「すでに杉田君のお陰めいたことは多々あります」
「あいつを採用した君も褒めてやるよ」
成富に続いて高橋も部屋を出て、自席に戻った。

昭和二十五（一九五〇）年六月朝鮮戦争が勃発した。その頃、亮平は〝めぐみ園〟の園児で、小学六年生だった。日本国は占領軍の統治下にあり、経済は疲弊していたが、朝鮮戦争による特需の発生で多大に潤った。だが、一方では物価の上昇がひどく、わけても天然ゴムはその典型例だ。

そういう状況では天然ゴムの代替物資の合成ゴムに関心が向けられるのは当然の帰結であった。旧ゴム統制会や通商産業省の関係者は必死に調査し、検討した。ドイツが合成ゴム製造法で高水準にあることや、アメリカ合衆国では既に大量に生産されていることなどが判明した。

紆余曲折を経て、国策会社の日本合成ゴムが設立されたのは昭和三十二（一九五七）年十二月だった。

設立委員会の委員長はブリヂストンタイヤ社長の石橋正二郎《いしばししょうじろう》で、石橋のリーダーシップは未だに語り種になっている。

委員は池田亀三郎《いけだかめさぶろう》三菱油化社長、加藤辨三郎《かとうべんざぶろう》協和醱酵工業社長、松田太郎《まつだたろう》前日本開発銀行理事、富久力松《とみひさりきまつ》東洋ゴム社長、首藤新八《しゅとうしんぱち》兵庫ゴム工業会長（衆議院議員）らの重鎮が名をつらねていた。

モータリゼーションの萌芽が生じたのもこの時代、つまり亮平が石油化学新聞の記者になる一年前のことだった。

日本開発銀行（開銀）が四十パーセント出資する国策会社（資本金二十五億円）としたのは、ハイリスクでリターンはほとんど望めなかったからに他ならなかった。

林との面会を終えた亮平は、有楽町から京橋にある日本合成ゴムへタクシーで向かっていた。風景など気にせず、林との対話を反芻していた。

「日本合成ゴムの設立に関しては、ゴム工業会や通産省でも相当もめたんですよ。設立後も、上層部も管理職も技術者たちも関係会社からの寄せ集めですからね。言うまでもなく皆優秀な人たちだが、わけても開銀出身の朝倉龍夫《あさくらたつお》君が入社してから、若手の中核的存在として機能するようになったと思う。朝倉君ほど優秀な人はいませんよ」

「林専務ほどの方が、そこまで評価するとは凄い人なのですね」

「開銀が日本合成ゴムへの出向希望者を募ったところ五、六名いたらしいが、その後出向ではなく開銀を辞職して行け、転職しろと上層部が言うと、手を挙げたのは朝倉君一人だったと聞いている」

「やっぱり凄い人なんですね。僕、朝倉さんに今すぐ会いたいです」

「工場は建設が始まったばかりじゃないかな」

「建設中なら、ルポを書きたいです」

「相変わらず気が早いねぇ。電話をかけてみよう」

林は専務室のソファから腰を上げて、デスクから秘書を通さずに直接電話をかけてくれた。

「もしもし、朝倉君だな。林ですが、石油化学新聞の杉田記者と話してる最中だが、君に会いたがっている。今から訪ねてよろしいかね」

「どうぞ。結構です。お待ちしてます」

「ありがとう。じゃあよろしくお願いする」

亮平は中腰になった。

「ありがとうございます」

「朝倉君にくれぐれもよろしく伝えてください」

「もちろんです。本当に本当にありがとうございました」

林は亮平と一緒に、専務室から絨毯を敷き詰めた廊下に出て、亮平を見送ってくれた。

「日本合成ゴムの記事を愉しみにしているからな」

林は亮平と同様、長身ですらっとしていた。


日本合成ゴム本社の応接室で朝倉龍夫と名刺を交わした時、亮平はかすかに眉をひそめた。朝倉の名刺に肩書が印刷されていなかったからだ。

「林さんの紹介とはねぇ。緊張しますよ」

朝倉にそんな様子はさらさら無かった。身長は百六十二、三センチ。細身で背筋がしゃきっとしていた。眉が濃く表情豊かとも言える。

「日本合成ゴムは、日石化学コンビナートとは無関係なのに、朝倉さんは林専務と近いんですね。あんなに気を遣ってくださった林専務にびっくりしました」

朝倉はにこっとした。

「林さんは優しいんです。後輩を気遣ってくださったのでしょう」

「同じ東大でも理系と文系ですよねぇ」

「大学以外でなにか聞きませんでしたか」

「はい」

「私は三十歳ですが、林さんは旧制の成城高校の大先輩でもあるんです。私は海兵から成城に進学しました」

「海兵ですか。秀才なんですねぇ。陸士より上ですよねぇ」

「陸軍士官学校を出た人は逆に言いますよ」

「その後、成城高校ですか。そして東大法科ですね」

「いや、経済です。商業学科ですが、成城で学んだ人たちは、おおらかって言うか、好人物が多いんです。校風は自慢できますよ。林さんは成城の典型で、自慢の大先輩です。誇りと言うべきでしょうね」

「僕みたいな若造記者に信じられないくらい優しく、あったかく取材に応じてくださるのがやっと分かりました」

「杉田さんの能力にも依ると思いますよ。私は石油化学新聞を熟読玩味してますが、新年特集号の日石化学コンビナートのルポには感服しました」

「うれしいです。実は自信満々なんです」

「悪びれないところも良い。林さんに気に入られる訳ですね」

「日石化学コンビナートの六社会を担当していることが幸運だったんです」

緑茶を飲みながら、朝倉が訊いた。

「用向きはなんですか。思いあたることが無くて……」

「どうもすみません」

亮平は頭を下げてから続けた。

「建設中の四日市工場を見学させてくれませんか。ぜひお願いします」

朝倉はさかんに首をひねった。そして、腕組みして天井を仰いだ。

「建設中は確かですが、まだ建物はなんにもありませんよ」

「林専務は、一年ほど前に朝倉さんが日本合成ゴムに入社してから、中核的存在として機能してきた、と話していました。だからこそ関心を持ったんです。とにかく今現在の現場を見せてください」

強引にも程がある、と朝倉の顔に書いてある。だが、後へは引けないと亮平は思っていた。

「私の一存では……。まぁ見てもらうのも悪くないか。分かりました。なんとかしましょう」

「取材費をたかるような、はしたないことはしません」

「宿泊は工場の現場近くに社員寮があります。出張者用の部屋がありますから、使ってください」

「ええっ、本当ですか」

朝倉は黙ってうなずいた。

「ありがたいなぁ。まだ成富さんにも高橋さんにも話してないのですが、これでＯＫ間違いないです」

朝倉の呆れ顔は、いくらなんでも理解できる。亮平はにこっと笑った。

「最初に林専務に話したのが良かったと思います。朝倉さんのお陰が一番ですけど」

「杉田記者の筆力に期待するしかありませんね」

「お任せください。建物があろうと無かろうと百聞は一見にしかずです」

「林茂大先輩の顔を潰す訳にはいきませんよ。杉田記者さんなら……」

「〃杉田記者さん〃は勘弁して下さい。朝倉さんには相応《ふさわ》しくありません」

亮平は真顔だった。国策会社を成功に導くかどうかが、この人物の双肩にかかっているともなれば、もっと威張って然るべきだと亮平は思わぬでもなかったのだ。

「分かりました。今後は杉田さんでゆきましょう。朝倉さんでお願いします」

朝倉の笑顔に亮平はホッとした。

「日程調整まで朝倉さんにお願いしてよろしいでしょうか」

「それこそ乗りかかった船でしょう。喜んでやらせてもらいます」

「ありがとうございます。さっそく成冨さんに自慢できるのが、なにより嬉しくてなりません」

「成冨社長と高橋局長にくれぐれもよろしくお伝えください」

朝倉が玄関まで見送ったことは、亮平を喜ばせ、かつ仰天させた。しかもその際に発した言葉が味わい深かった。

「そのうち一杯やりましょうは、いい加減ですから、四日市のルポを書かれた後にいかがですか」

「嬉しいです。いける口ではありませんが、食欲は旺盛です」

亮平は右手を挙げてから、朝倉に背を向けた。


二時過ぎ、石油化学新聞社に帰社した亮平は高橋幸夫を伴って成富社長のデスクの前に坐った。

「日本合成ゴムの四日市工場をルポさせてください。日石化学の林専務が開銀出身の朝倉さんを紹介してくれたのです。建設中の国策会社を見に行かせてください」

二人が顔を見合わせた。

「都合が良すぎますね。杉田にルポさせようと社長と話したのが午前中でした」

「以心伝心、杉田の勘の良さを褒めてやろう」

「どういうことですか」

「新年特集号で川崎コンビナートをルポして男をあげた杉田に、今度は四日市をルポしてもらおうと高橋と話してたんだよ」

「朝倉さんは成城高校、そして東大経済なんです。成城の人は心優しい人が多いんです。林専務が後輩の朝倉さんにわざわざ電話連絡してくれて、とんとん拍子に話が進んで、とにかくルポさせてもらうことになりました」

「杉田はツキまくってるなぁ。向かう所敵無しみたいじゃないか」

「成富さんと高橋さんのお陰です」

「お世辞も言えるな」

高橋は「社長が採用を私に任せてくださったお陰です」と終始笑顔だ。

「まだ基礎工事の段階で建物は無いそうですが、見てもらう価値はあると朝倉さんは話してました」

「一泊する必要があるんじゃないか」

「社員寮に泊めてもらえるそうです。経費は往復の汽車賃だけです」

「とにかく杉田に任せる。高橋を男にしてやってくれ」

成富は電話が鳴ったので、二人を振り払った。

4

昭和三十四（一九五九）年三月十八日付石油化学新聞一面の囲み記事は、ヤグラの写真つきだ。『最近の四日市』『日本合成ゴム』、見出しは『コツ然、畠にヤグラ　地元〝門前市〟をあてこむ』――。

日本合成ゴムの建設現場はいまさかんにごったがえしている。あらゆる面がそうだ。近鉄塩浜駅でタクシーを降り、暖い日ざしともうもうたるほこりをいっしょくたに浴びながら、一直線に歩いていくと、途中から道路が泥んこに変わった。道端を掘っくり返してデカい土管を埋めている。工業用水を引く水路なのか、排水路なのか分からぬが、ともかくごったがえしていた。おまけに、小さなクレーンが、掘り出されている土砂をすくいあげ、道路の大半を占領しているトラックの荷台にその土砂を落したとたん、そばを通りかかって肩にもはねてきた。泥のお裾分けはありがたくないが、百五十億円も投じる建設現場を訪ねたとあれば相手方の名刺がわりとでも解釈しなければなるまい。

そんなことを思いながら目印のヤグラに向かって進む。見渡すかぎり視界をさえぎるもののない畠のド真中に、地上二十七メートルのヤグラが数本立っているがこれはタンクを設置する場所の基礎工事に使うもの。遠くから見たときはそれほど高いとは思わなかったが、近づいてみると文字通り見上げなければならない。傍若無人に吹きつける風にも、びくともしないヤグラの骨組みは頼もしい限りとの感じを与えてくれる。着々と進んでいる建設工事を無言で誇示しているかのようだ。

このヤグラのまわりに建設事務所が散在しているが、みなバラックだ。工事が進めばあちこちと移転しなければならないからだが、作業員たちは皆ゴム長靴をはいている。畠をつぶして敷地としたせいか、土がやわらかく足がめり込むからだろう。敷地のまわりに、ちょっとしたコンクリートのヘソが作られており、その外側は幅一間ほどの水路となっている。聞くところによると排水のためのものとのことだが、それが小川となっている。それほどに土は水分を含んでいるが、このため砂利を毎日相当量注ぎ込んでいるとのことだ。その砂利が積まれているところなどは「小山」といえるくらいだ。この辺りもごったがえしていた。

塩浜駅に向かっているところが正面入口となっているが、この入口に向かって右側にタンク数基、正面にラテックス工場、左側に発電所が出来る。正面の奥は……といってもどこが奥になるのか見当がつかないくらい広い敷地だ。その中にあるもの――地上に建設されたものといえば倉庫二棟、発電所の骨組みくらいのものだ。要するに目下は基礎になる敷地の整備中というところで、地上工事はこれからだ。

「もうじき建物がどんどん建ちますから、そうなると建設工事らしい建設現場になりますよ。そのころまたいらっしゃい」案内してくれた人が親切に言ってくれたが、地上に建っているものは少なくても、仕事をしている人達の意気込みから受ける雰囲気はすでにあすの合成ゴム工場を彷彿とさせてくれる。

　春もまだ浅いというのに、早々と畠の手入れにきていたお百姓さんが、敷地のまわりを測量していた技師に盛んに聞いていた。

「うんと高い建物ができると畠の日当りが悪くなるが……」「いつできるか」――技師は、「低い建物じゃないが日当りは悪くならないだろう。今年いっぱいで完成する予定だが少し延びるかも知れんね」などと答えていた。この付近の人達は合成ゴム工場を当て込んでいろんな商売を計画しているらしい。門前市をなすことになるようだが、そのころの四日市は益々活気が満ちてくるだろう。塩浜あたりの商店街は今からそわそわしており、やはりごったがえしている感じだった。

同二十日（金）付で『最近の四日市』、『ひときわ輝く陽春』『生産段階への突入で』の横見出しで、昭和四日市石油の大桟橋の写真がついている。

　三重県は石油王国だ。一方天然資源では漁業王国だ。北海道、長崎につぐ海岸線の長い県だということもその要因だ。四日市につらなる東の富田《とみだ》と西の白子《しろこ》は伊勢湾沿岸の漁業基地である。漁師たちが沖に出たとき、大協石油のプラントと、それが見えなくなる沖合では鈴鹿の山並みとで船の位置を知ったそうだ。昭和四日市石油のタワーが建ち始めたころ、富田や白子の漁師たちはあらたに白銀にかがやく昭和四日市石油のタワーも目印に加えたとのことだ。

さらに四日市における昭和四日市石油の存在は、三菱油化とともに基幹工場になっているのだから、むしろ当然だろう。三十万坪といわれる工場は一日かかっても見きれないほどだが、今月十二日に三菱油化がナフサ分解装置の試運転を開始してから、やはり忙しくなったとかで「構内を走りまわるときは、それでもせまいくらいです」と案内してくれた社員が話した。昭和四日市石油が三菱油化にナフサやドライガスの供給をはじめたわけだが、その仕事は装置するとはいっても、計器室の技術者たちはやはり気ぜわしくなったのであろう、活気が漲っていた。

この十二日前後の三菱油化はそれこそ目がまわるほどの忙しさで、関係者は『一時間と続けて椅子に座っていたことがない』とも話していた。

昭和四日市石油の方はさすがに落着いていた。先輩だけのことはある。この先輩はもうコンスタントな稼働を続けるだけあって、三菱油化のように建設直後のにぎやかさはない。すでに軌道にのって、レールの上を走っているからだ。三菱油化の人たちはそれを「結構なことで……」とうらやましがっていた。逆に昭和四日市石油の方では「油化は活気があっていい」と話している。にぎやかな運動会やお祭りが終ったあとの妙な静けさというようなものを感じているのだろうか。

昭和四日市石油はすでに順調な稼働を続けており、岩国の三井石油化学とともに装置産業の代表的な存在としての貫禄をみせていた。

　昭和四日市石油について三菱油化の全ての装置が完成し、さらに日本合成ゴム工場が完成したときを想像すると、実に壮大な思いがしてくる。名古屋周辺の産業界は「四日市は日本におけるヒューストンどころではない。完成すれば石油化学工業だけに限らず、あらゆる産業、商業も付帯して発達するだろうから想像もできないね」と期待を深めている。

　もうひとつの重要案件である港湾設備も、四日市港の場合は五千トン級のタンカーが二隻と千トン級タンカーを一緒に接岸させることができるし、桟橋には三万～四万重量トンのスーパータンカーも係留できるから、申し分ないといえよう。三菱油化の生産段階突入を機に四日市はいよいよはなやかさを加え、春の陽ざしがいちだんと明るく感じられた。


三月二十日の夜、朝倉は約束通り亮平を日本合成ゴム本社に近い、築地の鮨屋でご馳走してくれた。

　L字形のカウンターの短い方の奥に座ると、朝倉は石油化学新聞の切り抜きを背広のポケットから取り出して、カウンターに置いた。

「〝最近の四日市〟〝日本合成ゴム〟、横見出しは大きく〝コツ然、畠にヤグラ　地元〝門前市をあてこむ〟とありますねぇ。びっくりしました。こんなに上手に書いてくれるとは思いませんでした」

　亮平はにんまりした。朝倉の評価は、前に直接聞いてもいたので、むろんまんざらではなかったが、はしゃぐ訳にもいかない。

鮨店は混んでいて、やっと生ビールと突き出しの〝赤貝とワカメの酢の物〟が運ばれてきた。

「日本合成ゴム四日市工場の初めての新聞記事に乾杯しましょう」

朝倉はにこやかに言って、ジョッキをぶつけてきた。

「乾杯!」

「乾杯!」

亮平の声は上ずり気味で、高ぶる気持ちの抑制に難儀していた。

「私は日本酒が好きなので、ビールは一杯だけにしますが、杉田さんはどうされますか」

「僕はお酒に弱いので、ビール一杯で結構です」

「飲めそうな顔をしているのに、人は見かけによりませんねぇ」

「その代わりにお鮨をたっぷりご馳走になります」

「杉田さんは今や石油化学新聞のエース記者ですね」

「当社の主力紙はプロパン・ブタンニュースで、記者の数も相当違いますが、成富さんが僕を別格扱いしてくださるので、もしかするとエースなのかも知れません。いや違います。うぬぼれてはいけません」

「うぬぼれとは違いますよ。若きエースであることは今度のルポでも証明しました。臨場感のある記事で、拍手喝采です」

朝倉は小さく拍手してくれた。

「日石化学の林専務が朝倉さんに電話をかけてくださらなかったら、四日市には行けませんでした。お二人との出会いが無かったら、今回のルポはあり得ません。お二人にいくら感謝してもし足りません」

「きっかけはそうだとしても、杉田さんの強引さ、押しの強さが全てですよ。しかし結果オーライでした。きょうのお酒の美味しさは格別です」

朝倉は酒に強く、手酌でぐいぐい飲んでいる。亮平も酒の代わりに欠食児童みたいに鮨を頰張った。

「写真も杉田さんが撮ったのですか」

「もちろんです。カメラマンを連れて行く余裕はありません。なんせ赤字新聞ですから。地元の社員の方々に良くしていただきました。朝倉さんのお陰です」

「日石化学の林専務はなんて言ってました？」

「褒めてくれました。私の顔を立ててくれたね、などと冗談まで言って……」

「冗談とは違いますよ。本当に嬉しかったのだと思います」

「ありがとうございます。成冨さんも高橋さんも喜んでくれました。成冨さんに一丁前の記者になったなって肩を叩かれましたが、僕はこの程度で褒められるとは思わなかったと生意気を言いました」

「杉田さん、言いにくいことを率直に言いますが、成冨社長とお呼びする方がよろしいと思いますよ」

「いいえ。僕は成冨さんで通します」

亮平は朝倉なら心を許せると考え、入社当時の経緯を話した。

「なるほど。そんなことがあったのですか。よく分かりました。ただし、聞かなかったことにします」

「ありがとうございます」

朝倉はぐい呑みを乾して、再び切り抜きに眼を落とした。

「ヤグラと搬入船が接岸している写真は迫力がありますよ」

亮平は覗き込んでまたもやにんまりした。

「何回乾杯してもよろしいでしょう。写真に乾杯！」

亮平がビールのジョッキを持ち上げると、朝倉はぐい呑みを軽くぶつけてきた。朝倉はぐいぐい飲んで口調も姿勢も乱れず、平然としている。

「最初、今四日市に行っても、プラントはまだ何一つ無いので、おやめになったほうがよろしいですよと反対しましたが、杉田さんの記事を読んで感心しました。今の工場の様子が手に取るようにわかるんです。現場の人たちも叱咤激励されて喜んでいると思います。杉田さんの署名が無いのが気になりましたが、どうしてなんですか」

「僕もちょっと不満でしたが、整理部がその方がベターだと判断したんでしょう。署名が無くても僕が書いたことは皆分かりますから」

亮平は得意満面だった。

「朝倉さんは開銀から出向されたと聞いています」

「開銀にとどまっていたら、せいぜい理事で、そのあとは二年かそこらで終わりです。同期に二十名も東大出がいましたからね。給料は高いけれど夢がない。私は石油化学工業の将来性に賭けてみる価値はあると思ったし、化学工業が好きでもあった。国策会社とはいえ、いずれは政府株を売却して、民間会社になることは規定されてもいますから、今後発展することは間違いありません」

「なるほど。僕は日石化学コンビナートの六社会を担当しているので、日本ゼオンに出入りしています。ゼオンはすでにプラントが立ち上がっていますし、操業開始も時間の問題です。SBR（スチレン・ブタジエン・ラバー）でも日本合成ゴムより先行する訳ですよね。先発と後発の格差は結構あるんじゃないですか」

「おっしゃる通りです。ただし追い抜く自信はあります。相当先のことですが」

朝倉は無表情で言い切った。

5

三か月後の某日昼過ぎ、日本合成ゴム本社の応接室で亮平は朝倉と面会していた。出前のうな重を食べた後も二人の雑談は続いた。

「合成ゴムの設備費がどのくらいかかるのか、アメリカの技術導入先にレターを出して確認を求めたり、SBRの設備能力が年間三万トンと四万五千トンではコストの差がどうなるのかなどについて侃々諤々の議論をしていますよ」

「天然ゴムに匹敵する合成ゴムが、本当に日本で作れるのかどうか、僕は懐疑的です。日本合成ゴムが民営化するのはいつのことでしょうかね」

「日本の技術力を過小評価し過ぎていませんか。ベースとなる技術はアメリカ産だとしても、それに磨きをかけ輝かせる。日本の技術力は、石油化学にしても合成ゴムにしても、あなどってはいけません」

「国策会社にしたのは、丸損を覚悟の上でとにかく走ってみようという感じがしてなりませんが」

「万々一、黒字達成が叶わなかったとしても、蓄積された技術は多角的に活用されて、汎用合成ゴムでロスが出たとしても元は取れるということも考えられますからね」

三か月後の九月二十六日土曜日の夕刻、巨大な台風が紀伊半島に上陸し、多大な被害をもたらした。台風襲来による被害の規模は空前絶後と言っても大袈裟では無かった。伊勢湾台風である。

日本合成ゴム四日市工場の被害も甚大に違いないが、亮平は確認の仕様もなくいらいらするだけだった。

二十八日の午後三時頃、亮平は思い余って朝倉に電話をかけた。

「もしもし、石化新聞の杉田ですが……」

「ああ、杉田さん。心配してくれてるんでしょうねぇ。被害状況はまだ把握できていませんが、工場は田んぼです。幸いなことに重要な機器類などはまだ搬入されていなかったんです。名古屋周辺の倉庫に厳重に保管されていますから、時間的なロスは仕方がないとしても、水が引いたら遠からず工事を再開することができます。心配なのはアメリカから多数の技術者たちが来日していますので、彼らの生活が混乱しているし、精神的な動揺も半端ではないが、それも時間が解決してくれますよ」

「安心しました」

「杉田さんに工場完成の記事を書いてもらえる日が必ずやってきます。それがいつ頃になるかは、もう少し経たないと分かりませんが……」


同年十二月に日本合成ゴムの四日市工場が完成した。さらにプラントが稼働したのは翌昭和三十五年四月である。

主要設備はむろんＳＢＲである。生産能力は年間三万トンだった。問題は百億円以上と見込まれていた建設費の調達であった。二分の一は開銀が六・五パーセントの金利で負担するとしても、残りの二分の一は民間の金融機関に依存せざるを得なかった。

総務部経理課で資金調達を担当していた朝倉は、十二行の都市銀行の担当者と来る日も来る日も朝も昼も夜も折衝を続けなければならなかった。

運転資金が四十億円必要なことも次第に判明し、総額百五十億円以上見込まれることが明らかになった。

折衝をしていた十二行に加え、日本興業銀行（興銀）、日本長期信用銀行（長信銀）二行を含め十四行で協調融資団が結成され、幹事役として興銀が推された。後に頭取にまで昇り詰める中《なか》村金夫《むらかねお》がまだ調査役の立場ながら幹事長としてリーダーシップを発揮してくれたことが、朝倉にとって、否、日本合成ゴムにとって極めてラッキーだったと言える。

6

日本合成ゴムの民間移行のタイミングが話題になり出したのはプラントが稼働して四年後の昭和三十九（一九六四）年、東京オリンピックの年である。翌年の春、ブリヂストン社長の石橋正二郎は大蔵省に田中角栄《たなかかくえい》蔵相を訪問した。

「日本合成ゴムはすでに利益を出し、一割配当も実施しています。大臣、民間移行のタイミングだと存じますが、いかがでしょうか」

「なにが日本合成ゴムの民営化だ。証券業界が大変なことになっている。特に日本で最も古い山一證券が破綻しかねない最悪の局面にある時に、日本合成ゴムどころではない。政府は持株を一株たりとも売らない。石橋正二郎ともあろう者が何を考えてるんだ！」

田中は血相を変えて、ほとんど恫喝に近い言い方で、石橋の陳情を一蹴した。けんもほろろとはこのことだ。

石橋は「失礼しました」と一礼して、歯を食いしばって、退散せざるを得なかった。

日本合成ゴムの民間払下げ問題は二年以上も棚上げされ、昭和四十二（一九六七）年秋まで事実上凍結されることになった。

杉田亮平はこれらのことを朝倉に取材し聞いていたが、記事にすることは絶対にあってはならぬと厳命もされていたので、沈黙するしかなかった。

同年、通産省企業局企画室長の天谷《あまや》直弘《なおひろ》が化学工業局化学一課長に就任し、日本合成ゴムの民間払下げ問題が再浮上することになった。天谷はすでに同省きっての論客の名をほしいままにしており、マージャン好きで人当りも良かった。

化学一課に毎日のように顔を出していた亮平はすぐに天谷に気に入られた。

天谷は亮平を昼食時間に蕎麦屋に誘って、さりげなく切り出した。

「杉田さん。大蔵省理財局の意向を探ってきてくれませんか」

「いいですよ。日本合成ゴムの払下げ問題ですよね」

「さすがですねぇ」

「担当の課長に取材してきます」

亮平は午後一時過ぎに大蔵省理財局に出向いた。

理財局の大倉《おおくら》担当課長は在席していて、名刺を交わしてくれた。にこにこしていて感じの良い大蔵官僚との対面に亮平は嬉しくなった。

「日本合成ゴムの民間移行について大蔵省はどのようにお考えですか」

「早ければ早いほどよろしいと思いますが。通産省もそう願っているんじゃないのですか」

「おっしゃる通りです。私は天谷直弘化学一課長にお使いを頼まれたに過ぎないのです」

「なるほどそうでしたか。天谷さんによろしくお伝えください」

亮平の話を聞いた天谷の動きもスピード感があった。

天谷は主要な化学メーカーの幹部を石油化学工業協会の一室に集めてレクチャーしたのである。

「日本合成ゴム株式の額面は一千円です。二倍の二千円が妥当だと我々は考えています。まず政府持株の一割について第一次競争入札を行い、様子を見たいと考えています。くれぐれも上限を二千円と心得てください」

　ところが、三菱化成が三千百六十円の高値で応札。一割全部を取得する挙に出て、業界をあっと言わせた。通産省なり天谷の目論見は砕け散ったのだ。

　このことは、三菱化成が日本合成ゴムを子会社化したいと企図していることを世間にアピールしたと誰もが受け取った。

　三菱化成の行動に怒り「売られた喧嘩は買う」と亮平に伝えた通産省の高官も現れたが、最も冷静に対応したのは当事者の日本合成ゴム、わけても冷静に事態を客観視していたのは企画部の朝倉龍夫だった。

　亮平は日本合成ゴム本社に朝倉を訪ねた。

「三菱化成のお陰で、民営化の流れが加速されるんじゃないですか」

「私も杉田さんの意見に与《くみ》します。ただし三千百六十円は当社を買いかぶるにも程がありますよ」

「天谷さんが提案した二千円への値下げはあり得ませんよね。日本合成ゴムをどう評価するかは難問、難題ですが、朝倉さんの頭には落しどころがすでに描かれているような気がしているんですけど」

　亮平に顔を覗き込まれたが、朝倉は表情を変えず、真顔で応じた。

「試行錯誤の連続で、落しどころなんてとんでもない。三菱化成は日本合成ゴムを過大評価し過ぎましたね。ただし、当社の実力は株価の額面一千円の二倍以上ではあると思います。通産省の天谷課長の評価、つまり上限二千円はいかがなものかと疑問視しています」

「民間移行を急ぎたいとは思っているのでしょう」

「そりゃそうですよ。国策会社の縛りは窮屈です。研究開発部門などを含めた現場は本社以上にその思いは濃厚です。大蔵省も払下げを望んでいることは、杉田さんが初めに把握したんでしょう」

亮平は嬉しそうにうなずいた。

日本合成ゴムは従業員自社株制度を推進したいと考えていた。

通産省は三千百六十円の十パーセント強を値引きし、一株二千八百円とするために政令化し、三菱化成などの動きを抑えた。

亮平は日本合成ゴムのトップにもインタビューするなど精一杯、日本合成ゴムの国策会社から民間会社への移行についての妥当性を書きまくった。

日本合成ゴムは証券取引所に上場を申請して一年後の昭和四十五（一九七〇）年十月一日に上場が決定する。国策会社から民間への移行を目指してから六年後のことである。

7

昭和四十年、日本ゼオンはＳＢＲの主要原料のブタジエン製造技術を開発した。二年ほど後、通産省化学工業局化学一課石油化学班係長の和田正武《わだまさたけ》は、日本合成ゴムに海外から技術導入せず、日本ゼオンの技術を採用すべきだと強調していた。日本国家のためはオーバーだとしても、外貨の節約を考慮すれば和田の主張は理に適っている。亮平は和田の意見に与し、企画部の朝倉に、執拗にゼオン法の採用を進言した。だが、朝倉は馬耳東風を決め込み、一顧だにしなかった。

亮平は「朝倉さんは経済合理性の権化みたいな人ですよね。日本合成ゴムがゼオン法を採用すれば男を上げるし、歴史的快挙で化学工業史に残りますよ」と焚きつけたが、正しく馬の耳に念仏に過ぎなかった。

日本合成ゴムはすでに西独ＢＡＳＦ社と契約していたのだから、無理筋と朝倉が考えるのも当然と言えた。

日本ゼオンと日本合成ゴムのライバル関係は永遠に続くと考えるべきかも知れない、と亮平も思わざるを得なかった。

ついでながら正義派で頭脳明晰な和田は後年中国通産局長などの要職をこなし、技術系キャリアとして輝きを放った。

昭和三十七年の正月休み、亮平は市川一中時代からの友人で、東京理科大学夜間部に在学中の松丸晃《まつまるあきら》から就職の相談を受けた。

「今は義兄の仕事を手伝っているが、卒業したらそうもいかない。就職したいので杉田君の力でなんとかならないだろうか」

亮平は松丸なら石化協の事務局員で通用すると咄嗟に考えて、永野事務局長に懇請した。

永野は松丸を面接してくれた。そして松丸の人柄、実力などを評価し、採用してくれたのだ。

松丸は永野の期待に応え、予想以上に仕事と向き合い、周囲を安心させた。

朝倉龍夫が日本合成ゴム企画部長に就任したのは昭和四十四（一九六九）年だが、石化協の各種委員会に出席することが多々あり、輝きを放っていた。

松丸はそれらの委員会に事務局員として出席していた。

「杉田君。朝倉さんは利害が対立し揉めている会合でも、仕切り役となって委員会をリードし、いつの間にか上手にまとめてしまうんだ。凄い人がいるもんだと舌を巻いているのは僕だけじゃないんだ」

「松丸が朝倉さんに好かれていることは当人から聞いている。嬉しくてならなかった」

「杉田君のお陰で僕も自信めいたものが出てきた」

「とにかく松丸は本当によくやっているよ。もっともっと頑張ってくれな」

松丸は通産省出身の推屋《すいや》総務部長とも心が通じ、推屋の押しも強かったのであろう。石化協事務局員では初めて、理事職にまで昇進した。

朝倉が総務部長、海外部長を経て取締役社長室次長に就くのは昭和五十一（一九七六）年だ。三期六常務、専務と順調に昇格し、社長に就いたのは昭和六十二（一九八七）年六月である。三期六年社長業をこなし、平成五（一九九三）年六月取締役会長になった。平成九（一九九七）年六月相談役に退き、同年十二月に日本合成ゴムはＪＳＲに社名を改称、八年後の平成十七（二〇〇五）年七月にＪＳＲ特別顧問に就き、影響力を行使し続けた。

平成三十（二〇一八）年、亮平は七十九歳の時に九十歳の朝倉に会った。

その動機付けは、朝日新聞ＯＢの高成田享《たかなりたとおる》から、「東大経済学部卒業後、日本合成ゴムへの入社が内定していたが、補欠だった朝日新聞が採用してくれたので、後者を選択した」と聞かされたので、急に懐かしの朝倉に会いたくなったからだ。

「朝倉さん、歩けるの？」

「電車にも乗れますよ」

「じゃあ、高成田さんと一緒に会いませんか」

「良いですよ。日程はお任せします」

亮平は高成田の都合を聞いて、「昼食時間に東京駅丸の内の日本工業倶楽部で三人で会いましょう」という朝倉の返事を引き出したのだ。

その時の朝倉の記憶力の確かさ、博覧強記ぶりに、高成田としみじみ「凄い人ですね」、「九十歳なのにびっくり仰天も良いところだね」などと何度も顔を見合わせた。

ＪＳＲが輝くのも尤《もっと》もである。以後も三人の交流は続いている。

第三章　行政指導

1

昭和四十二（一九六七）年四月上旬の某日午前十時過ぎ、杉田亮平はいつものように通産省に出向いていた。

亮平は窓を背にした化学一課長席であろうと、総括班長席であろうと石油化学班長席であろうと、空席なら座り込んでしまうほど図々しかった。ただし、頼まれごとは受けることを旨としていたので、文句を言われたことは一度もなかった。他の記者のように丸椅子にちんまりしているつもりはさらさらなかった。

「杉田さん、ちょっとお茶でも飲みませんか」

「ええ。良いですよ」

天谷は課員の眼など気にせず、亮平を伴って外出した。通産省の向かい側の飯野ビル地下一階のティールームで向かい合うなり、天谷が切り出した。

天谷直弘は通産省化学工業局化学一課長で同省きっての論客として聞こえていた。

「欧米の巨大企業に匹敵するエリートを育成したいと考えているんですが、杉田さん、協力してくれませんか」

「エリート育成ってどういうことですか。三菱油化も三井石油化学も住友化学もエリート企業じゃないですか」

「エチレン十万トンかそこらでは、欧米に太刀打ちできないでしょう。エチレンの生産規模を一挙に三十万トンにしたいのです。〝エチレン三十万トン基準〟を設定すれば、クリア出来るのは今現在では三菱油化一社だけだと考えています。杉田さん、石油化学新聞も賛成してくれませんか」

亮平はミルクティーを飲みながら間を取った。

「ご存じのように僕はデスクで、上に凄いのが二人います。明《みょう》と栂野《とがの》の同意がないと新聞には書けません。僕は聞かなかったことにします。天谷さんのお話を三人で一緒に聞いて、石油化学新聞としての論調を決めるのが良いと思います。僕は賛成するつもりですが……」

「そうですか」

「化学工業日報には話したのですか」

「いいえ。石油化学新聞しか話すつもりはありません」

「原田《はらだ》総括班長は、通産省記者クラブに在籍している化学工業日報の椎名《しいな》記者を一番評価しています。『彼は出来る』と何度も言ってます」

「ウマが合うんでしょう。私は杉田さんが賛成して書いてくれれば、それが全て、否、方向付け出来ると考えています」

「僕一人だけの判断は無理筋です。昼食時間に明、栂野、僕の三人で聞かせてください。僕は〝エチレン三十万トン基準〟なるものを初めて聞くように装います」

天谷は天井を仰いで五、六秒思案した。

「原田君と二人で話しましょう。日程が決まり次第教えてください」

原田稔《みのる》は亮平にとって嫌味な官僚だった。静岡県立の旧制中学を四修で卒業したことを自慢していた。課長席であろうと総括班長の席であろうと空いていれば腰をおろしてしまう亮平の振舞いを苦々しく思っていたのだ。

原田が皮肉たっぷりに言ったことがある。

「化学工業日報の椎名記者はしっかりしていますよ。丁寧語できちっと質問しますからね」

亮平も負けていない。

「化学工業日報にはろくな記者がいませんね。岩館《いわだて》なんて人は東北弁丸出しで、プロ並みのゴルフの腕前だけで、業界でチヤホヤされていて、記事はへたくそです。原田さんは僕の態度のでかさを注意されているんでしょうが、直しようがありません。化学工業日報は薬品などには強いですけど、石油化学は弱いですからね」


その日のうちに昼食会が実現した。

亮平が明昌保《まさやす》編集局長と栂野棟彦《むねひこ》編集局次長に電話をかけて呼び出したのだ。

場所は飯野ビル九階にあるフレンチレストラン〝キャッスル〟で、五人が個室のテーブルについた。ランチタイムのコース料理をオーダーした。

「日経、日刊工業、日本工業、化学工業日報などとは接触したのですか」

明が質問した。

「いいえ。していません。石油化学新聞が賛成してくれれば、各社はそれになびくだけのことでしょうから」

天谷が答えた。原田は一言も発しなかった。

「買いかぶられたものですね」

栂野が呟いた。

亮平は最低、化学工業日報にはアプローチするのではないかと読んでいたが、沈黙をつらぬいた。

天谷の考えは、乱立気味のエチレンセンターの新増設計画を整理することと、我が国の石油化学工業の国際競争力強化が目的であるとのことだった。

話は長引き二時間以上も要した。時計を気にしたのは亮平だけだ。

最後に天谷が三人にこもごも眼を遣りながら念を押した。

「賛成、同調してもらえますか」

明が言った。

「この場で返事をするのはいかがなものでしょうか。エリート育成、しかも三菱油化一社だけなんて、どうかなぁと思います。通産省は昭和電工を十二番目のエチレンセンターとして昨年七月に生産十万トンを認可したばかりなんですよ」

「今現在で三十万トンを超えられるのは一社しか無いと考えています」

天谷と原田は〝エチレン三十万トン基準〟に自信満々だった。

「記事を杉田に書かせて、反応を見ましょう」

「ありがとうございます」

天谷と原田が明に向かって頭を下げた。

化学一課長と総括班長にお辞儀をされれば、悪い気はしない。栂野と亮平は天谷に与していた。しかし明はそうではなかった。

天谷と原田は先に退室した。

二人が帰った後も、三人は話し続けた。

「現在のエチレンセンター十二社で三十万トンを達成できるのは、確かに三菱油化だけでしょうねぇ。通産省が国際競争力のある企業を選別して育てたいという意図は理解できますよ」

「僕も同感です」

亮平はすぐさま栂野に同調した。

明が音を立ててコーヒーカップをソーサーに戻した。

「栂野も杉田も考えが浅いというか、甘いな。四日市の三菱油化が比較的強いことは確かだが、岩国の三井石油化学も新居浜の住友化学も負けてはいないだろう」

「そうかなぁ。十万トンが一挙に三倍の三十万トンですよ。エリート育成は説得力がありますよ」

亮平に続いて栂野が言った。

「三菱油化の吉田《よしだ》正樹《まさき》さんが天谷さんに知恵を付けたことは透けて見えるけど、三井石油化学と住友化学のパワーなんて知れてるんじゃないかなぁ」

「杉田はどう思うんだ」

「栂野さんに同調します」

「二対一か」

明がつぶやいた時、亮平はすかさず言い返した。

「要するに行政指導じゃないですか。受け入れざるを得ないと思います」

「えらいことになるぞ。その時の君たちの顔が見たいよ」

「そういうのを捨て台詞とか言うんじゃないですか」

亮平がつっかかった。

『生意気にも程がある』と明の顔に書いてあった。

亮平の声が大きくなった。

「天谷さんと原田さんから、ウチに同調してくれと頼まれたようなものです」

「エチレンセンター十二社の内、何社が〝三十万トン〟を断念するのか予想できないが、もし全社が基準を満たして生産した場合は、石油化学製品の過剰が大問題になるぞ」

「そうですね。ちょっと心配ではありますね」

亮平に続いて栂野がつぶやいた。

「昭和四十（一九六五）年の石油化学協調懇談会で〝エチレン十万トン基準〟が打ち出された時は、十万トンでは終わらず、二十万トン設備にした企業もあったけど、三十万トンとなると三菱油化に限定されるような気がしてならない」

「栂野は行け行けドンドンのはずだが、早くも宗旨変えしたのかな」

結局、石油化学新聞は〝エチレン三十万トン基準〟に賛意を表明した形となり、化学工業日報など各紙も同調し、報道した。

亮平は内心、明に同感しながらも成富の厳命に従わざるを得ないと思い直したのだ。

厳命とは『明と栂野が対立した時は栂野に付け』である。石油化学新聞・日刊通信版の発行時に、「化学通信日報の栂野をスカウトしてこい」と言われた当時の約束事である。

明は自らのパワーの強さを示して余りあったからだ。明は昭和二十三（一九四八）年に東京大学経済学部を卒業し、読売新聞に入社したが、いわゆるレッドパージで、一年半で退社を余儀なくされ、日中友好協会の職員に転じた。

明昌保を石油化学新聞にスカウトしたのは、むろん成富だ。

成富は〝代々木系〟の採用に与し、ひところは百人を大きく超える大所帯になった。


通産省は、「エチレンセンターの新設は三十万トンとし、それ以下は認めない。誘導品計画が条件を満たし、妥当と認められた場合は制約をつけずに認可する」との見解を発表した。

つまり国際的規模への大型化を図ることで、コスト競争力を強化することと、乱立する計画を一本化することで企業集約化を実現し、技術開発力を備えた国際的に戦える企業の誕生を意図したものである。

昭和四十二年六月二日の官民合同の石油化学協調懇談会で〝エチレン三十万トン基準〟が決定された。

2

天谷は〝エチレン三十万トン基準〟をクリアすることは容易ならざることだと考え、石油化学業界に対しエチレン設備の共同投資、輪番投資を強く呼びかけた。その直後に三井石油化学と日本石油化学、三菱化成と旭化成、住友化学と東燃石油化学などの共同化が実現し、一時は天谷の読みが的中したかに見えた。

昭和四十二年秋、石油化学新聞で〝エチレン三十万トン〟設備の建設を志向している後発八社のトップクラスを集めて座談会を行った。

その場で『通産省は行政指導で我々に死ねというのか』と強硬論を吐露したのは、平山威《ひらやまたけし》三井化学工業（昭和四十三年から三井東圧化学）副社長だった。平山が子会社の大阪石油化学の三十万トン計画を推進したいと考えるのは当然である。

他にも、旧財閥系の三井石油化学、住友化学までは、三菱油化に続くかも知れないぐらいのことは、天谷たちも考えていたかも知れないが、そうは問屋が卸さない、とする意見、言い分ばかりだった。

石油化学工業は高度成長期の日本産業の中核的存在であり、担い手であるという見方に集約されていて、どこもかしこも〝三十万トン〟に挑戦しようとしていた。つまり家電などの組み立て産業とは異なり、素材産業は大型化すれば相当なコストダウンになるとの計算のもとに、規模のメリットを享受しようとしていたのだ。

その頃、大協和石油化学は四日市の新埋め立て地でエチレン二十万トン規模のコンビナートの展開を計画していただけに、〝エチレン三十万トン基準〟の決定に大きな衝撃を受けた。新基準によって大協和石油化学に限らず、昭和電工（大分）、大阪石油化学（泉北）などの後発エチレンセンターはいずれも厳しい対応を迫られることになった。

大協和石油化学は日本興業銀行（興銀）の仲介によって昭和三十六（一九六一）年五月に、協和醗酵工業と大協石油の共同出資によって設立された。

興銀ＯＢで大協和石油化学専務取締役の池邊《いけべ》乾治《けんじ》は、興銀本店に池浦《いけうら》喜三郎《きさぶろう》常務取締役を訪ねた。

「通産省は大協和の計画を潰したいんだろうが、おめおめと引き下がれませんな」

「もちろんです」

「土地を確保するのに、池邊さんがどれほど苦労したのか。公害問題のやかましい四日市で、新たな土地を確保して、大きな石油コンビナートを建設できるようになったのは奇跡的なことですよ」

「やっとの思いで土地の確保に見通しがついたと思ったら、今度は〝エチレン三十万トン基準〟でゆさぶられているわけです。大協和石油化学は三菱油化の軍門にくだれ、ということなんでしょうね。通産省は、当社の計画に極めて冷淡です。天谷課長は認可するつもりはまったくない、と明言しています」

「興銀は大協和石油化学を全面的にバックアップします。誰がなんと言おうと、エチレン三十万トン計画をやり抜こうじゃないですか」

池浦は上体を乗り出して、池邊に笑いかけた。

池浦は直ちに中山素平《なかやまそへい》頭取に、大協和石油化学が重大な危機に直面していることを伝えた。

「興銀の息のかかった化学会社をすべて四日市に結集させるわけには参りませんが、東洋曹達《ソーダ》の参加を呼びかけるべきではないですか」

「いい考えじゃないか。化学工業は大きく伸びる産業だから、南陽の東曹《トーソー》は四日市に進出するんじゃないかな」

「四日市の立地条件は南陽より恵まれていますし、基幹部門のエチレンセンターに出資して、一貫した石油化学の総合化にチャレンジしたい気持ちを持たない方がおかしいですよ」

池浦の行動は水際立っていた。

翌日、東京駅八重洲口に近い東洋曹達東京本部に二宮善基《にのみやよしもと》社長を訪ねた。

「四日市で石油化学事業をやる気はありませんか」

「あの四日市で新しい埋め立て地を確保したことは立派だが、今の企業メンバーで三十万トンを消化するなんて夢のまた夢だろう」

「だからこそ東曹に参加してもらわなければならんのです。東曹は、いまや石油化学の誘導品会社ではトップクラスですからね」

「どうせ四日市に出るんなら、エチレンセンターにならなきゃ意味がないな。東洋曹達に大協和を丸抱えできる力はないが、エチレンセンター部門に参加することが前提だな」

二宮は副社長の青木周吉《あおきしゅうきち》に相談した。

青木は「石油化学の誘導品部門に甘んじている限り、総合化学企業として大きな発展は望めません。ここは決断しなければならん」と説得力のある発言をした。

東洋曹達は興銀系化学会社の中核的存在だが、同社の参加を取り付けたことで、興銀が大協和石油化学を全面的にバックアップする姿勢を天下に表明したことになった。

協和醱酵工業と大協石油の両社は、東洋曹達と鐵興社が参加することを歓迎した。さらに大日本インキ化学、日立化成も含めて新会社の新大協和石油化学が昭和四十三年十一月に設立された。

まだ通産省の認可は得られていなかったが、省内の人事異動で担当局長、担当課長が交代したこともあって、条件付きながら認可の感触をつかんだことによるものだった。

認可されたのは昭和四十四年六月である。操業開始時期を昭和四十七年一月とする条件付きであったが、昭和三十九年五月に最初のエチレン十万トン計画を申請してから、丸五年を経過して待望の認可が得られたわけだ。

新大協和石油化学は、昭和四十六年十月大協和石油化学を吸収合併した。


〝エチレン三十万トン基準〟に基づいて、昭和電工グループの大分計画だけは認可しないとの通産省の方針が覆されたのは、化学一課長が天谷から藤原一郎《ふじわらいちろう》に代わってからのことだった。

藤原が時の通産大臣椎名悦三郎《えつさぶろう》から大臣室に呼びつけられて、認可することを強要されたのだ。

藤原が課長デスクの前に杉田亮平を呼びつけて、バツが悪そうに言った。

「ヨッちゃん、ハルちゃんで攻められたら、ノーで押し通すのは無理だよねぇ」

「意味不明です」

「ヨッちゃんは元通産大臣の櫻内義雄《さくらうちよしお》……」

「ハルちゃんは昭和電工の鈴木《すずき》治雄《はるお》さんですね」

「二人は子供の頃、家が近くてよく遊んだ仲で今でも大の仲良しなんだって……」

「そうなると昭電も三十万トン設備を建設することは間違いありませんね。鈴木治雄さんに『資金繰りは大変でしょう』と質問したら、『銀行にいくらでもありますよ』と偉そうに答えました」

「あの会社は富士銀行から専務クラスを採っているしねぇ」

「いずれにしてもエチレンセンター十二社が三十万トン設備の建設に、業務提携やら資本提携して挑戦することになりますね。エリート育成は夢のまた夢に終わるかも知れませんよ」

「……………」

「通産省は、後は野となれ山となれで、見ているしかないでしょう」

「そうかも知れない」

生意気にも程があると、藤原は思ったが口には出さなかった。

3

昭和三十八（一九六三）年石油化学工業協会に、通産官僚で公正取引委員会の筆頭委員を務めた高坂正雄《たかさかまさお》が専務理事として就任したのは、石油化学工業の拡大期と一致する。通産省当局も業界も高坂に一目も二目も置くのは至極当然であった。

亮平は松丸晃の関係もこれあり、高坂とすぐさま親しくなった。

後年の挿話に過ぎないが、大阪万博のチケットを二枚与えられたりしたものだ。

「私が行けないので、杉田さん都合がよければどうぞ」

「嬉しいです。喜んで」

高坂の専務理事就任で、永野事務局長が弾き出された。名門永野家の一員故、永野の転任先はどうにでもなる。

亮平は永野への挨拶を兼ねて石化協に出向いた折、高坂から相談された。

「石化協創立十周年の記念講演のメインスピーカーに日石化学の林茂さんを考えているんですが」

「良いお考えです。さすが高坂さんですね」

「賛成してくれますか。さっそく頭を下げに行きますよ」

「いえ。まず僕にお使いをさせてください。林さんを口説き落とす自信があります。高坂さんは挨拶するだけでよろしいと思います」

「なるほど。杉田さんは林さんに可愛がられてるからねぇ。くれぐれもよろしくお願いします」

高坂は中腰になって一揖《いちゆう》した。

亮平が高坂の個室から、林相談役の秘書に電話をかけた。

「石化新聞の杉田ですが、林相談役に至急お目にかかりたいのですが」

「今すぐ来られますか」

「三十分以内に伺えます」

「お待ちしております」

「ありがとうございます」

亮平と女性秘書とのやりとりを聞いていた高坂が唸り声を発した。

「相変わらずスピーディですね」

「ただ、せっかちなだけです」

亮平はもうドアに向かっていた。

亮平と林との対話はこんな風だった。

「石化協創立十周年記念行事のメインは林さんの講演に決まりました。高坂専務理事から相談を持ち掛けられて、僕と意見が一致したのです」

「……………」

林は呆気にとられて、しばし返事ができなかった。

亮平がたたみかけた。

「林さん以外に適当な人はいません。三菱油化、三井石油化学、住友化学の旧財閥系は、いくらなんでもまずいでしょう。先発四社の中で日石化学のどなたかとなれば、林さんしかいません。過去十年の総括、今後の石油化学の在り方、在るべき論を語れるのは林さんしかいないことを、高坂さんは見抜かれた訳です。僕は感服しました。だからこそ駆け足で来たんです。お願いします。高坂さんの顔を立ててあげてください」

「杉田君の顔を立てることにもなる訳だな」

『やった!』と亮平は思い、胸の中で快哉を叫んだ。

「通産省の行政指導の在り方についても林さんなら遠慮なしに話せますよねぇ」

「君には負けるよ」

林はぐっと亮平に上体を寄せて右手の人差し指を突き出した。

「会場は多分イイノホールになると思いますが、日程調整は石化協の事務局が……」

「そらぁそうだ。杉田君がそこまでしてはならんよ」

再び指さされ、亮平はやり返した。

「林さんは僕のことだからやりかねないと思ったのですか。いくらおっちょこちょいでもそこまでは……」

「君にたぐり込まれたことは百も承知だが、高坂さんに〝光栄至極〟だと伝えてくれたまえ」

「程なく高坂さんがここにお見えになると思います。直接お伝えください。その方が嬉しいし、喜びますよ」

「口も回るし頭も良い」

またまた指を突き付けられたが、亮平は胸がワクワクするほど嬉しくてならなかった。

記念講演は大盛況だった。イイノホールは多目的ホールで、コンサートや落語などの催し物も行われるが、林の講演は立見席にも人があふれていた。

亮平の知った顔がいっぱいで、通産省の役人たちも多くいた。肩をたたかれたり、会釈したり、亮平の忙しさといったらなかった。

朝倉龍夫と出会ったときは固い握手を交わした。

講演内容も充実して余りあった。

「この十年間の我が国における石油化学工業の発展は、我々の予想を遥かに超えています。エチレン生産能力総計は昭和三十四年の七・九万トンに対して昭和三十九年には七十三万トンに達し、五年間で約九倍という急拡大を遂げました。さらに昭和四十一年には百万トンを突破し、大型化が加速しています。現在稼働しているコンビナートは十一か所ですが、さらに既存コンビナートの増設並びにコンビナートの新設計画が発表されています。石油化学工業はさらに発展し続けると誰しも思われることでしょう。思えば日本化学工業協会の一部門に過ぎなかった石油化学工業懇話会が、石油化学工業協会として分離独立したのはほんの十年前のことであります」

林は亮平の期待に応えることも忘れなかった。

「当局の行政指導による〝エチレン三十万トン基準〟の設定はエリート育成を目的としているとのことですが、果たして実現するのかどうか。石油化学コンビナートの建設計画が次々と発表されている現状を考えると、エリート育成といえるか疑問視せざるを得ないのではないでしょうか。見方を変えれば企業のバイタリティを甘く見てはならないと思う次第です」

亮平は自分自身が石油化学新聞社に入社した往時を思い、自身の歩みと石油化学工業のそれとが軌を一にしていることに感慨を覚えずにはいられなかった。

翌年四月、丸善石油化学が千葉五井地区でエチレン三十万トン・プラントの操業を開始、続いて住友化学、大阪石油化学、浮島石油化学（日石化学と三井石油化学の折半出資）、三菱化成、三菱油化の五基が完成した。

亮平は、業界の現状について通産省の考えを取材する目的で、化学工業局化学一課総括班長の小島幹雄《こじまみきお》に、会社から電話をかけた。

電話に出てくるなり、小島は居丈高に言い放った。

「あんた、総括班長に電話でもの訊くの？」

亮平はむかっとした。むろん名刺も交換し、三度は直接取材もしていた。

「電話でお尋ねしてはいけないんですか。まるで喧嘩腰じゃないですか」

「業界紙の記者に電話で質問された覚えは一度もないね」

「キャリア官僚が偉い人であることは百も承知してますが、ここまで凄い人がいるとは驚きました」

「あんた、業界紙記者の立場をわきまえなさいよ」

亮平は、ここは一歩も引けないとホゾを固めた。

石油化学新聞社の直通電話は、本社が岩本町の共同ビルに替わってから数本増えていたが、亮平の周囲に聞き耳を立てる者もいた。

そんなことより、エリート・コースの化学一課総括班長を鼻にかけている小島を許してならないとの思いが勝っていた。

小島は昭和三十六（一九六一）年入省組なので、年齢は自分と同じとの思いもあったのだ。

「日経の記者より頭《ず》が高いんじゃないの？」

「日経記者なんて目じゃないですよ。こと石油化学工業についてですが」

「あんた。相当なもんだねぇ」

「虎ノ門記者クラブの日経新聞は石油化学新聞を購読し、焼き直し記事を書いていますよ」

「生意気言うねぇ」

「事実を伝えたに過ぎません。あなたも引くに引けないんでしょうねぇ」

「ふざけてるのか」

「二度と電話をかけませんから、安心してください。あなたのような生意気な総括班長は初めてです。なんなら先輩たちに確認したらいかがですか。こんな酷いのが化学一課の総括班長とは泣けてきます」

「銘記しておく」

「化学一課には毎日顔を出しますが、小島さんには会釈もしませんので、そのつもりで……。じゃあ、失礼します」

亮平の方から電話を切った。やり過ぎたかも知れないとちょっぴり反省したが、痛快の念の方が強く、明日の化学一課が愉しみでならなかった。

翌日、亮平が午前十時過ぎに通産省化学一課に出向くと、小島が総括班長席を立って廊下に出てきた。

「きのうは失礼しました」

頭を下げられたので、亮平は「こちらこそ」と言い返さざるを得なかった。

小島の豹変ぶりに亮平はびっくりしたが、それなりに付き合わざるを得ないので、二年ほどはゴルフもしたし宴席を共にした。しかし、打ち解けるはずはなく、その間の永さと言ったらなかった。

4

石油化学新聞本社は、昭和三十六年五月に東京駅八重洲口の幸田ビルから神田岩本町の共同ビルに移転していた。社長の個室は無かったが、フロアーは相当広くなった。

前編集局長の高橋幸夫は昭和四十一年に大阪支社へ単身赴任していた。

肩書は取締役大阪支社長である。大阪支社で石油化学新聞の担当者は奥野宏一人だけだ。関西弁でペラペラまくしたてる奥野と高橋はソリが合わず、高橋が辟易している様子が亮平には眼に見えるように理解できた。

亮平は大阪で取材した折りに、高橋に誘われて夕食を共にした。昭和四十四年三十歳の初冬だった。

東京で高橋が愚痴めいたことを口にしたことは無かったのに、大阪では真逆だった。

高橋は大瓶のビールを手酌でグラスに注ぎあっという間に飲み乾した。亮平はグラス一杯の半分も飲まなかったが、初めて食べる〝うどんすき〟は美味しかった。

「成冨社長から二、三年頼むと命じられたが、もう四年目を迎えた。毎日毎日憂鬱でならないよ。一日が長くてねぇ。特に奥野君は好きになれない。関西弁でまくしたてられるだけでも鳥肌立つ思いがする」

「高橋さんは気にし過ぎ、神経細過ぎですよ。ノイローゼ気味なんじゃないですか。確かに奥野さんと合わないとは思いますが……」

「杉田君は相変わらず言いたい放題なんだな。羨ましい限りだよ」

「言いたい放題。書きたい放題です」

「その通りだな。記事を読んでいれば分かるけど、奥野の記事についてはどう思ってるの？」

「口ほど達者なら良いんですが。でも、まあまあなんじゃないですか。僕はちょっとだけ手を入れてます」

「ちょっとだけとは到底思えない。半分ぐらい書き直してるんじゃないかなぁ」

高橋は首を左右に振ってから続けた。

「君の顔に〝へたくそにも程がある〟って書いてあるぞ」

亮平はのけ反ってから、高橋の胸を指さした。

「それは高橋さんの思いですよ。僕はプロパン・ブタンニュースを全く読みませんが、石化新聞のほうがレベルは上でしょう」

「大阪に限って言えば違うな」

「奥野さんが可哀想な気がしてきました。感情的であり過ぎます。もっとも、奥野さんのヘラヘラした感じは僕も好きになれません」

高橋はにやりとした。

「ヘラヘラは言い得て妙と言いたいくらいだな」

高橋が突然話題を変えた。

「国枝《くにえだ》さんが入社してから、会社はずいぶん変わったよな。社長の義弟でナンバー2の立場だから、それこそやりたい放題なんだろうな。金沢の旧制四高出身の秀才で、徳球の秘書をしていた人だしなぁ」

徳球とは元日本共産党書記長の徳田球一《とくだきゅういち》のことだ。戦後、連合国軍総司令部（ＧＨＱ）の最高司令官だったマッカーサー元帥のレッドパージによって、徳田は行方をくらました。

成富のスカウトで国枝正治《まさはる》は生き返ったとも言える。

亮平の入社時総務部長で経理を担当していた井桁末生《すえお》は、現在経理部長だ。国枝の入社時に井桁が亮平に「石化新聞は〝赤化新聞〟の間違いかも」と宣って、亮平を驚かせたものだ。その時、井桁は口に掌をあてた後で、「冗談冗談」と続けたが、眼は笑っていなかった。

国枝は総務局長の立場で、左がかった人々をどんどん採用した。

亮平はどちらかと言えば、井桁の方が好きだった。井桁は国枝より年下で好人物なのだ。こすっからい感がある国枝よりも、井桁を好む社員の方が圧倒的に多かった。両人とも、麻雀好きで、亮平は何度も相手になった。ただし両人が揃って卓を囲んだことは一度もない。二人が心を通わせないのは当然のことだった。

社員の間でご法度だった麻雀が、好き勝手に出来るようになったのは、成富が『仕方ない』と認めたからだ。

高橋が二本目のビールをオーダーしてから、亮平を見据えた。

「私を東京から追い出したのは国枝さんじゃなくて明さんだと思うよ。実力的にも明さんに負けるしねぇ」

「高橋さんと明さんの関係は両雄並び立つでしょう。人望は高橋さんの方が遥かに上です。僕は心にもないことは言いません」

「私の手柄は君を採用したことだけだよ」

「石化新聞を立ち上げた功労者です。高橋さんのファンは明さんとは桁が違いますよ」

「ありがとう。杉田君に褒められたら本当に嬉しいよ」

「明さんの入社以前に岐阜の下呂温泉への社員旅行を提案したのは高橋さんですか」

「とんでもない。成冨社長に決まってるだろう。中小企業の創業社長はイベント屋じゃないと務まらないんだ。成冨社長は百点満点だね」

「イベントに限らず気遣いする人でもありますよね。実はあの時、成冨さんに僕の学歴のことを話そうとしたら、『余計なことを言うな』と叱られました」

「社長の重用を満喫してるのは杉田君だけかも知れないよ」

「まさかまさか。でも、僕が成冨さんに気に入られていることは確かです」

「それより私が東京へ戻ることは不可能なんだろうか」

「成冨さんに進言します。本気でやってみます。僕の得意技は、叶えられなかったら『会社を辞めます』って何度も言っていることです。通産省化学一課の爺さん係長にも……」

「月給日に皆んなの給料を勘定しているというあの有名人だね」

「その爺さん係長から『君は何度も辞表を出したらしいが、まだ辞めてないのか』と皮肉を言われてますよ」

「何か言い返したのか」

「『あなたの仕事は給料日の金勘定だけなんですか。役所のコスト意識は限りなくゼロに近いですね』と言いましたよ」

「そこまで言えるのは杉田亮平しかいないね」

「杉山和夫《すぎやまかずお》総括班長の時に『杉山君』と呼ばれた当人が『なんだ！』と大きな声を出したら、以後は『杉山さん』になったんですよ。僕の前での出来事で印象的だったので、いろんな所で話しましたよ」

「初めて聞いた」

「そうですか」

亮平は高橋の情報不足を寂しく思った。


帰京した亮平は直ちに成富に直訴した。

「高橋幸夫さんを東京に戻してあげるべきです。僕の恩人を四年も大阪に放り出しておくんですか」

「高橋が泣きを入れたのか」

「違います。僕が同情したんです。以前東京で、高橋さんのアパートに泊めてもらったことがありました。奥さんは保母さんで優しい方でした。遅くまで話し込んでしまい終電車に間に合わなくなったんです。元気な可愛い坊やと四人で雑魚寝したんです」

「編集の大部屋には明もいるし、栂野もいる。高橋が馴染むと思うか」

「栂野さんをフォローすることはもう止めていいですよね。再び高橋さんと組むことにします。なんなら僕は営業に廻っても良いですが」

成富は顔色を変えて、亮平の話をさえぎった。

「たわけたことを言うな。きみの営業はアルバイトみたいなものだ。編集から外せる訳がない」

「そうなると高橋さん、会社を辞めるかもしれませんよ。とにかく高橋さんを邪険にしないでください」

亮平は拝むような仕種までした。

成冨は腕組みして考え込んだ。

「杉田の気持ちは良く分かった。考えておく」

成冨は面倒見が良く、高橋を関東地区の地方紙のデスクに推し、実現した。

亮平はどれほどホッとしたか分からない。

高橋が水を得た魚のように元気を取り戻したことが程なく分かった。

5

通産省化学工業局化学一課の総括班長に就任した牧野《まきの》力との初対面は昭和四十六（一九七一）年五月だが、亮平は手にした名刺を見ながら、「ちからと読むんですか」と訊ねた。

「つとむです」

「へぇー。つとむさんですか」

亮平の怪訝そうな表情に牧野は笑顔で返した。

「一度覚えたら忘れないでしょう」

「なるほど」

色白で二重瞼の大きな眼と濃い揉み上げが印象的で、身長は亮平より高く一メートル七十五、六センチはあると思えた。

「杉田さんはお幾つ？」

「三十歳」

「私と同じだ」

二人とも二、三歳サバを読んだことになる。しかも真顔である。

牧野の留守中に総括班長席に座って、高橋清《きよし》課長と話し込んでいた亮平に、戻ってきた牧野は尖った声で言った。

「どいてよ。私の席だ」

「ご免なさい。図々しいのは僕だけ。課長席に座って牧野さんと話すこともあると思いますが、どうかご容赦ください」

牧野は無言だった。『生意気な』と亮平は思った。牧野の思いは亮平以上だっただろう。

その二か月後、亮平は大阪石油化学の鈴木勝《すずきまさる》常務に誘われて牧野と初めて飲んだ。

牧野はいきなり「私はアラン・ドロンに似ていると言われてるんです」と冗談ぽく話した。

「いやぁ。それはないでしょう。〝てなもんや三度笠〟の藤田まことにそっくりですね」

「ああ。あいつも相当な男前だよなぁ」

牧野が亮平の情報力と筆力について「並み以上ではあるな」と評価した時、亮平は「いの一番だと思うけど」と言い返したものだ。

生意気な奴を確認しあい笑いころげた。いわば意気投合したことになる。

鈴木は〝鈴木カッちゃん〟と呼ばれて周囲から親しまれていた。学生時代に司法試験に合格しながら、東洋高圧工業（昭和四十三年から三井東圧化学）に入社した。独特の和やかな雰囲気でサラリーマン生活を楽しみ、定年後に妻を秘書にして渋谷で法律事務所を開設した。

牧野はゴルフをしなかった。亮平が麻雀に誘ったところ、受けてくれたがあまり好きではないことがすぐに分かった。

「俺は飲ましてくれる人は皆好きなんだ」と、いきなり言い放ったのだ。

冗談ともつかなかったが、亮平は石油化学業界の酒豪たちに一席も二席も持たせた。

東燃石油化学企画室長の松村繁《まつむらしげる》、新大協和石油化学企画部長の山口敏明《やまぐちとしあき》、日本合成ゴム企画部長の朝倉龍夫たちである。亮平は偉そうに話には参加したが、飲み手としてはほとんど役に立たなかった。

敗戦直後共に小学一年生であることが判明し、昭和十三年五月十日生まれの牧野のほうが八か月も先に生まれていた。

お互いの年齢が分かった時、牧野が言った。

「同期ってことだな」

「東大法科出身のキャリアと同期なんて言われるとはねぇ。牧野さんが慶応経済学部を二年で辞めて、東大法科を受験し直したのは官僚になりたかったからなんでしょう」

「代議士も考えたが、選挙は大変だからなぁ。代議士に向き合えるのはキャリア官僚だろう。違うか」

「おっしゃる通り。こうなったら、事務次官を目指して頑張ってよ。前任者の小島氏が肩肘張り過ぎて、石油化学業界の受けが悪かったから、牧野さんは得したと思うよ。もっとも小島氏が、『私の後は凄いのが来ますよ』と言ってた。事務次官候補とまでは言ってなかったけど。彼とはゴルフを何度かしたけれど、最後まで好きになれなかったなぁ」

「小島さんも次官を目指してるんだろうな。エリートサラリーマンが社長を目指すのと同じなんだろう」

「キャリアの連帯感は分からないでもない。仲間を必ず褒めるからね。そのくせ競争原理は常に働いてる訳だ」

「そんな風に何でも言えるのは杉ちゃんだけだろうな」

「業界紙の記者風情がと、露骨に態度で示したバカがいたなぁ。左近友三郎《さこんともさぶろう》。化学一課長の前身の有機一課長時代から知っているが、嫌味なヤツだった。秘書さんに『挨拶したい』と日程調整して出向いたら、嫌な顔をされた上に、ノックと一緒に『お邪魔ですか』と言いながら入室した一般紙記者に『どうぞどうぞ。業界紙の記者に邪魔されているのでちょうどよかった』と抜かしたからねぇ。僕を見下してふざけたヤツだった。僕の大きな態度を棚に上げての話だけどね」

「筆誅を加えてないの」

「紙面が勿体無い。この話は誰にもしてないからね。ＭＩＴＩ（通産省）の名折れでしょう」

　昭和四十七年二月末、鈴木カッちゃんと牧野の三人で虎ノ門近くの飲み屋のカウンター席で飲んだ時、牧野は「今日の酒は一入《ひとしお》美味かった」とご機嫌だった。

その後、亮平は牧野と夕食を共にした。

「鈴木のカッちゃんが『当社は特にそうだが、エチレンセンター十二社の設備過剰は深刻だ』と話してたよねぇ」

「あの人が嘆くくらいだから、業界全体が大変なことになっているのは確かなんだろうな」

「ウチの新聞は毎週月曜日の午前中に編集会議をしているが、全ての記者が取材先で嘆き節ばかりだと話していた。天谷、原田、平河《ひらかわ》の三人の罪の深さが身に染みて分かるようになった。〝エチレン三十万トン基準〟は祟るんじゃないの？」

「行け行けドンドンの活力を全否定するのはどうかと思うが、行政指導に期待すると言われて困ってるんだ」

「しかし、天谷さんたちの尻ぬぐいをしない訳にもいかんでしょう。総括班長の沽券に懸けても頑張ってもらわないとねぇ」

牧野がぷいと顔を横に向けた。そしてぐい呑みの〝八海山〟を空けて、手酌で三杯続けて飲んだ。

亮平は牧野の横顔をじっと見つめていた。

「最近総括班長席が空席のことが多いんじゃないの？」

「杉ちゃんのために空けてあるんだよ」

「皮肉のつもりなんだろうが、課長席もあるからご心配なく。それよりも僕は化学一課には新聞に書けないような業界の極秘情報を教えているからね。杉田メリットが無いとは思えないけど」

「否定しない。ただ、態度の大きさは気にならないでもないぞ」

「それこそお互いさま。二人とも仕事をしている。仕事ができるということでしょう」

「そうかもな」

牧野のもの言いはどこかおざなりだった。

亮平は『何かある』と思わざるを得なかった。

「何か企んでいるような気がしてならないんだけど……」

亮平は気を引いてみたが、牧野は薄く笑った。

「気のせいでしょう。それより歌でも歌いに〝西川〟に行こうか」

「今夜は無理だな」

亮平は時計を見た。

「もう八時五十分だ。九時に旧友と会う約束をしてるんだ。西鎌倉に住んでるから松ちゃんと同じ」

松ちゃんとは、東燃石油化学取締役企画室長の松村繁のことだ。

「松村、山口、朝倉のお三方とは近日中に会いたいねぇ。杉ちゃん、アレンジしてくれないか」

「喜んで」

亮平の酒量は知れているが、酒席は大好きだった。

牧野と別れて、午後九時過ぎに新橋の飲み屋で宮本雅夫に会った。

宮本は昭和電工の研究開発部でポリプロピレンの研究に没頭していた。

宮本は東大の学生時代、亮平を学生運動に誘って、いろんな体験をさせてくれた。いわゆる〝安保世代〟で、〝東大校旗・ライトブルーの旗の下〟への参加である。

〝安保反対！　岸を倒せ！〟

全学連の学生たちが国会議事堂から銀座通りまでを行進した時に、「杉田、行こうや」と声をかけてくれたのだ。

亮平は成冨社長の許可を得て、デモ行進に参加した。

「何事も経験、体験するのは良いことだ。おまえはアナーキーだからなぁ。恐怖心より好奇心の方が強いと常日頃言ってることだし、行ってこい」

成冨は当日、亮平を押し出すほどの理解を示してくれたものだ。

牧野と宮本は東大の同窓だが、文系と理系の違いはある。二人の共通点は歌が好きで、宮本はコーラス、牧野は独唱ということになる。

亮平はビールで乾杯するなり切り出した。

「今夜は研究開発の話はしないでくれな。というより、もっと深刻な話がしたいんだ」

「ふぅーん。深刻ねぇ」

「〝エチレン三十万トン〟設備を最後に建設したのは、昭和電工グループの鶴崎油化だが、大変だろう。大丈夫か」

宮本が小さくうなずいた。

「大分なので消費地に遠いハンディはある。大変は大変だが、後発なりに技術力、開発面のパワーは優れているよ。特に省エネルギーの技術は、俺の眼にも〝やったな〟と分かる程、凄いものなんだ。コスト競争力はトップクラスだと思うよ」

「需給のアンバランスは、コストがどうのこうの言えないほど大変なことになってるだろう」

「そうだなぁ。このまま放置すれば、ぶっつぶれるエチレンセンターがあるかも知れないなぁ」

「通産省の行政指導をあてにしている節もあるんじゃないのか」

「おっしゃる通りだ。石化協の協調懇談会だけではどうにもならない瀬戸際に来ていると僕は思う」

「すでに通産省は何か重大なことを考えてるように思えるけど」

亮平は、牧野のよそよそしい態度を目に浮かべながら話を続けた。

「企画部なりトップ周辺の動きは、おまえには分からんだろう」

「とんでもない。バカにしないでくれよ」

宮本は真顔で言い返してきた。亮平は腕組みして「なるほど」と応じた。

「倒産処理して出直すエチレンセンターの第一号がウチでないことだけは確かだ」

「そうかなぁ。僕は昭電だと思ってるけど」

亮平に顔を覗き込まれて、宮本はふくれっ面で言い返した。

「あり得ない。賭けてもいいぞ」

「そういうのをカラ元気とかカラ威張りって言うんだよ」

「市川一中時代にも思っていたが、口で杉田に勝てるのは一人もいないよ。ここは分からないが」

宮本は額に手を遣ってから、ナッツを一粒口に放り込んだ。

「ここはおまえに負ける」

亮平も額に手を遣って続けた。

「おまえも口は減らないよなぁ」

亮平が中腰になったとき、宮本が亮平の右手を引っ張って、「あと一、二分」と言って押しとどめた。

「朗報があるんだ」

亮平は腰を下ろした。

「芝崎が税理士事務所を開設したって」

「凄い！　芝崎は頑張ってるなぁ。三年程前に税理士の資格を取得したんだったなぁ」

「おふくろから電話があったよ」

「お祝いの会をしたいなぁ。メンバーは中村晃也、下山久彦、それに僕と宮本。そうかぁ、金定さんと寺井さん、中川《なかがわ》幸《さつ》ちゃんたちにも声をかけないとな」

「そんな簡単には行かないだろう。みんな忙しいし、芝崎のことだから必ず遠慮すると思うよ」

「うぅーん。そうだな。手紙だけでも書くとするか」

帰するところ、亮平は何もしなかった。忘れてしまったのだ。

6

翌日の午前十一時頃、亮平は化学一課の総括班長席に座るなり、椅子ごと課長席に躰を寄せた。むろん高橋清課長は在席していた。

「牧野総括班長は何をしてるんでしょうかねぇ。ここのところ連日、ほとんど空席じゃないですか」

「昨夜《ゆうべ》は牧野君と一緒だったそうじゃないの」

「カラオケまでは付き合えなかったのですが」

「総括班長は一番仕事するからね。どこに行ってるのか、誰と調整してるのか、事後報告だけだからね」

高橋はバタ臭い顔を和ませた。

「今夜空いてるの？」

「空けます。いや空いてます。六時に〝氷川〟でよろしいですか」

「目立つんじゃないか」

「どうしてどうして。内緒話も〝氷川〟は安心できます」

「分かった。心配することはないね」

その日の夜、亮平は化学一課長の高橋を赤坂の氷川神社に近い〝料亭氷川〟でもてなした。

〝料亭氷川〟は新橋の芸者だった女将と副女将がコンビで踊りを舞うのが売りだった。地方《じかた》の三味線は女将の方だ。

高橋はフランス仕込みのワイン通だったので、亮平は女将に電話してボルドーワインを準備してもらっていた。

乾杯したあとで高橋が言った。

「牧野君はカルテルで忙しくしてるんだよ。総括班長は仕切り役だからね」

「世の中、不況不況と騒ぎになっている時に、僕は二日間もキャリア官僚と話ができるなんて、光栄至極です」

「きみを通産官僚と勘違いしている人は多いんじゃないの」

「そうなんです。昭和電工常務の岸本泰延《きしもとやすのぶ》さんなんてひどい言い種でした。『通産省のお役人だと思っていた』は皮肉もいいところです。皆んなから生意気にも程があると思われてるのは百も承知です。僕もむきになって、『今さら変えようがありませんよ』と言い返してますが」

亮平は笑顔で話していた。

「岸本さんの一言も皮肉じゃないと思うよ。きみは得な性分なんだ。情報収集力も見事だが、立場をわきまえているし、とにかくうまく書いてくれるからなぁ」

亮平はワインボトルを高橋のグラスに傾けた。

「今日は新大協和石油化学技術部長の中谷治夫《なかたにはるお》さんの奢りです。それにしてもエリート育成を信じ込んだ僕はバカ丸出しでした。反省することと頻りです。同じことを何回話したことやら。天谷さんたちの尻ぬぐいは高橋さんしかできないんじゃないですか」

「牧野君が一生懸命に取り組んでるよ。不況カルテルしかないんだろうな」

「さすがです。十二センター全てが待ちこがれていますよ」

「匂いをかいだのかね」

「漂って来ますよ」

「きみはニュースソースを明かすなんてヘマはしないことが分かっているから、今夜もこうして付き合っているんだ。それにいろいろと頼み事もしているからね。石化新聞がスクープしてもカルテル結成はゆるがない。そう確信できなければ明かす訳ないだろう」

「ありがとうございます。三月十三日付で書かせてください」

高橋はワイングラスを口に運びながら、小さく頷いた。

「日経新聞が火曜日の一面トップで追随しますよ。断言します」

「そうなるんだろうね」


石油化学新聞は昭和四十七年三月十三日（月曜日）付けで、エチレン不況カルテルを一面トップで報じた。

横見出し『エチレン不況カルテル　今週中に申請』、縦見出しは五段の『四十七年は三五二万四〇〇〇トン』と四段の『高ポリ用一〇七万トン　塩ビ用は五八万トン』

エチレンセンター一二社は今週末までに不況カルテルの認可を公正取引委員会に申請する。センター一二社は不況カルテルに基づいて四十七年のエチレン生産計画を調整することにし、誘導品の積み上げ作業を急いでいたが、その結果がまとまった。

これによると四十七年のエチレン生産計画は三五二万四〇〇〇トンとし、積み上げによる誘導品別生産計画は高圧ポリエチレン用一〇七万二一〇〇トン、中低圧ポリエチレン用五一万トン、酸化エチレン用三六万九〇〇〇トン、スチレンモノマー用二八万五三〇〇トン、塩ビモノマー用五七万八五〇〇トン、アセトアルデヒド用四一万五八〇〇トン、その他用二九万四〇〇〇トンとなっている。

四十六年のエチレン生産実績は三四八万トンなので、四十七年のエチレン生産量を三五二万四〇〇〇トンとすればわずか一％の伸びにとどまることになる。

これまでのエチレン生産実績をみると四十四年二三九万九六〇三トン（伸長率三三・九％）四十五年三〇九万六八九〇トン（同二九・一％）四十六年三四八万トン（一二・六％）となっており、四十六年を除いて平均年率三〇％以上の高度成長を遂げてきただけに、ここへきて一つの屈折点をむかえたということができよう。

一方、通産省が各社からのヒアリングに基づいて進めてきたエチレンセンターの実態調査もほぼまとまったが、これによるとセンター会社の大半が最近の決算で大幅な欠損を計上しているという。

いずれにしても四月一日からエチレン不況カルテルが結ばれようが、この期間は六か月になるのではないかとみられる。


当日の朝、牧野から亮平に電話がかかってきた。牧野が怒り心頭に発していることは、荒々しい口調で分かる。

「ひでぇことをしてくれるじゃないか。石油化学業界の味方がこんなことをやらかすとは信じられない。カルテルが不成立に終わったら責任を取れるのか。あんたの顔も見たくねぇや。出入り禁止を覚悟してもらいたいくらいだ」

「不成立はあり得ないでしょう。百万円賭けてもいい。業界はカルテル待望で一致しているんだから。牧野総括班長の大手柄を褒めてあげるよ。歴史的にも通産省の行政指導が評価されるに相違ないと思う」

「ソースを言えよ」

「〝墓場まで持っていく〟の常套句しか言えない。そんなことは百も承知でしょう」

「ふざけないでくれ！　あんたとは絶交だ！」

ガチャンと音を立てて電話が切れた。亮平は受話器を戻す時、少し手が震え、わずかながらも耳鳴りを覚えた。

朝日、毎日、読売、日経なども夕刊で大きく報じた。経済界、産業界は騒然となった。

各方面からの電話に悩まされた亮平は外出せざるを得なかった。

夕方、成冨社長に呼ばれた。

「杉田君、凄いことをやらかしたね。大スクープに社長賞の金一封を与えるぞ」

「成冨さんまでが興奮するんですか」

「当然だろう。私にまでいろんな人から電話がかかってくる始末だ。喜ぶべきこととは思うが」

「スクープは何度もありますが、今度のは桁が違います。超弩級とか言うんでしょうかねぇ」

「私だけにはソースを言ったらどうだ。絶対に口外しない。口が裂けてもな。その方が気持ちが楽になるぞ」

「冗談じゃない。記者失格の選択肢はあり得ません。同じようなことを牧野総括班長にも言いましたけど」

「分かる分かる。君のパワーを褒めてやるよ。繰り返すがよくぞやったな。五月の連休前の社員総会で表彰するからな」

「どうも」

亮平は内心得意満面も良いところだったが、抑えて抑えてと我が胸に言い聞かせ、無表情をよそおった。

明取締役編集局長からも、亮平は肩を叩かれた。

「かくまで反響が大きいとは思わなかった。私は鼻が高い。私にだけはソースを明かしても良いだろう」

「まさか。成富さんにも同じようなことを言われました。バカげた質問ですよね」

明はあからさまに嫌な顔をして、亮平に背中を向けた。

亮平が会議室から自席に移動した時、電話が鳴った。

その直後、石油化学新聞付きの女性事務員から受話器を手渡された。

「石化協の高坂専務からです」

「高坂さんじゃ出ない訳にはいかないな」

亮平は「もしもし杉田ですが」と応じた。

「今から会えませんか」

高坂はいつもより高い声だったが、尖ってはいなかった。

「いいですよ。石化協へ伺えばよろしいですか」

「いや。新橋の鮨屋の二階でお待ちしてます」

「分かりました。三十分以内に行きますよ」

高坂は鮨屋の小部屋で亮平を迎えるなり、「杉田さんにしてやられましたねぇ」と言い放った。

珍しく硬い顔だった。

亮平は正座して、額を畳にこすりつけた。

「申し訳ありません。お詫びします。高坂さんに詫び状を書こうと思っていました」

「そこまでは……。待てよ。詫び状をもらいましょうか」

「今夜書いて、明朝投函します」

「冗談冗談。本音、本気だと思ったんですかね」

「もちろんです」

「きょうは一日中大変な思いをさせられました。エチレン委員会でも議論が沸騰してねぇ。四月一日の申請は難しくなりました。一、二週間ほどずれるでしょうね」

「まことに申し訳ありません。すみません」

亮平は頭を下げっ放しだった。

「済んだことです。一杯飲んで気分を変えましょう」

高坂は笑顔になった。もともと優しい面立ちだ。石化協の専務理事の立場は、会長以上だと、亮平は信じて疑わなかった。

高坂はニュースソースを明かせなどと野暮なことは言わなかったが、次の言葉に亮平は胸がうずいた。

「一番弱いというか、後発で十一番目の新大協和石油化学のリークじゃないかと疑う人が多いのには驚きました」

「へぇー。あり得ません」

「ただ、杉田さんは親会社の協和醱酵さんとも東洋曹達さんとも近いから、分からないでもありません」

「加藤辨三郎社長とは何度もお会いしてます。東洋曹達も上の方々は知り合いが多いことは確かですが、彼らがリークするなどと考える人たちの気が知れないと言いたいです」

「牧野君が怒ってねぇ」

「顔も見たくない。絶交するとか言われました」

「牧野君の気持ちは良く分かります。彼のリーダーシップでここまで来たんです」

飲み物がビールからワインに替わっていた。

ワイングラスを軽く触れ合わせてから、高坂が言った。

「牧野君は杉田さんの情報力に脱帽したんです。私には笑いながら、あいつは許せんと言ってましたけどね」

「生意気なんですよ。牧野さんは……」

『思った。もう言っちゃった』の性癖は直らない、と身に染みて思った。

「ところで杉田さんはエチレン不況カルテルについてどう評価してるんですか」

「救いの神ですよ。経済界も産業界も大歓迎です。〝干天の慈雨〟とは、このことを言うのでしょうね。大きな一石を投じることになると思います」

「杉田さんならではの言い回しですね」

「どうも」

亮平は笑顔で大きくうなずいた。

四月十五日、公正取引委員会はエチレンの不況カルテルを認め、二十七パーセントの減産に入った。認可の背景は、①エチレンの生産量能力は四百八十万トンに達し、三百五十万トンの需要を大幅に上回っていること②申請十二社のうち九社までが赤字経営になっている——などであった。なお申請十二社は三菱油化、丸善石油化学、三井石油化学、住友化学、日本石油化学、東燃石油化学、新大協和石油化学、大阪石油化学、三菱化成、山陽石油化学、出光石油化学、鶴崎油化（昭和電工）であった。

行政指導による不況カルテルの効果は絶大だった。三か月後には効果を発揮し始め、各種合成樹脂の値上げも浸透していった。翌年には「不況業種」から「高収益業種」に一転するほど市況が好転した。ただし、エチレンに限らず石油化学製品の設備能力過剰の払拭に至らないのは必然である。

第四章　青年将校

1

東洋曹達工業（現東ソー）は大手の化学会社だが、石油化学工業への進出は昭和三十年代の後期である。

昭和三十八（一九六三）年、ニューヨークに本社がある石油化学会社の米国ナショナル・ディスティラーズ・アンド・ケミカル（現ＢＰアメリカ）と低密度（高圧法）ポリエチレンの技術導入契約に調印した。

社長の二宮善基は当時五十八歳。日本興業銀行（興銀）の副総裁時代にＧＨＱの内部抗争に巻き込まれて、心ならずも〝昭電疑獄事件〟に連座せざるを得なかった。

二宮が東曹社長に就任したのは、昭和二十九（一九五四）年三月だが、九年後の昭和三十八年十一月に中谷治夫と山口敏明を伴ってディスティラーズとの契約のため渡米した。中谷、山口の両人は昭和二十六（一九五一）年入社のエリートだ。

中谷は祖父が近鉄の経営首脳として活躍、父親は早稲田大学の文学部教授で、大衆文学評論家としても著名であった。志賀直哉に面会したことがあるという。中谷自身は海軍兵学校を経て、昭和二十六年に早稲田大学理工学部を卒業した。

山口は東京陸軍幼年学校、陸軍士官学校を経て、昭和二十六年に一橋大学経済学部を卒業した。

二宮は調印直後のパーティで、ディスティラーズ社長などの幹部に宣った。

「山口は大酒飲みです。日本では大酒飲みのことを大虎と称するので、私が〝タイガー山口〟と命名しました。山口はポリエチレンの技術を買いにニューヨークに来たのではありません。バーボンを買いに来たのです。技術を買いに来たのは中谷治夫と私の二人です」

会場が笑いの渦となるのは当然である。

「チアーズ！」

「チアーズ！」

乾杯した後で、山口はギョロ眼の大きな顔を和ませて、中谷が注いだバーボンのグラスを呷った。

ディスティラーズの面々も面白がってボトルを持って集まり山口を取り囲んだが、山口はグイグイ飲んで、一本は空けた。しかも英語を交えて話したりもするので、会場は盛り上がり、パーティの大盛況に一役も二役も買ったに相違ない。

中谷はけろっとしている山口に呆れたが、心配したのは二宮も一緒だった。

「いくらタイガーでもいい加減にせんか」

「はい」

二宮にしかめっ面を向けられて、山口はしおらしくグラスを中谷に手渡した。

輪がとけて、拍手が湧き起こり、おひらきとなった。

杉田亮平はこの話を二宮から直接聞いたが、十年も前の昔話として、面白おかしく話してくれた。二宮は真顔でこんなことを明かしてくれた。

「山根《やまね》、山口、中谷の三人は私の自慢だ。この三人はどこへ出しても使える。仕事を目いっぱいしてくれるからねぇ。杉田さんもご存じの通り、新大協和が設立されることになったとき、準備段階で一番出来る山口と中谷をいち早く大協和に出したからね」

昭和四十三年十一月、山口は企画部長として、中谷は建設本部管理部長として出向し、新大協和石油化学の企業基盤づくりで力量を発揮した。

「未だに三人が〝青年将校〟で通っているのは、だからこそとも言えますね。東燃石油化学工業の松村繁さんが命名者です」

「その話は聞いている。私も悪い気がせん」

亮平はふとあることを思い出して小さく膝を打った。

「到来物の〝ジョニ黒〟を山口さんと夫人の二人で一本空けられたことがあります」

「きみの自宅でか？」

「はい。ゴルフの帰りに立ち寄ってくれたのですが、隠すのを忘れていた僕がいけなかったのです。もうちょっと飾っておきたかったんですが」

「飾っておきたかったは良い話だな。一本進呈しよう。忘れたら山根に催促してくれたらいいな」

「僕はビール党でウィスキーは飲みませんので、遠慮、いえ辞退します。お気持ちだけいただきます」

「杉田さんの性格が良いことは聞き及んでいる。〝青年将校〟たちと仲良くやってくれるとありがたいな」

「これ以上仲良くしたら、他紙の記者たちからやっかまれて大変です」

「ありがとう。もう十分仲良くしてもらってる訳だな」

「いいえ。僕の方が言うべき台詞です」

「舌の回転もなめらかだな。きみの筆力は分かっているよ」

「ありがとうございます。嬉しいです」

「近々一杯やろうじゃないか」

二宮が小型手帳を手にしたのを見て、亮平は右手を振った。

「恐れ多いです」

「嫌われたか」

「そんな意地悪言わないでください」

亮平の笑顔に二宮も笑い返した。

二宮が緑茶を飲んで話題を変えた。

「昭電（昭和電工）さんがディスティラーズにアプローチしたのは、当社より一か月先だったことは知らんだろう」

「ええっ。どういうことですか」

「昭電さんはディスティラーズのポリエチレン事業部に接触していたんだが、当社は外国事業部があることを知って、外国事業部と交渉した訳だ。外国事業部の部長が社長の息子であることも把握、確認できた。中谷の手柄だ。ディスティラーズ社の名簿を手に入れたわけだな。当時は日本の石油化学工業のほとんどが、海外からの技術導入に依っていたからね。外国事業部に眼を付けたことが全てで、あっという間に逆転できた。ドラフトにサインした時は手が少し震えたものなぁ」

「昭和電工は地団駄踏んで悔しがったと思います」

「記事にしてはならんからな」

「もちろんです。口にもしません」

「私は昼の会食で一杯きこしめしていなければ、しゃべらなかっただろう。忘れてくれな」

「二宮さんほどの方からお聞きした話を忘れられる訳がありません」

ノックの音が聞こえ、若い女性秘書が顔を出した。秘書は亮平に会釈してから、なにやらメモを二宮に渡した。秘書が退出したあとで、二宮が亮平を指さした。

「山根が杉田さんに会いたいそうだ。帰りに寄ってください」

「承知しました」

亮平が会長応接室から人事・総務部の応接室に移動すると、一分後に山根通正《みちまさ》総務部長が現れた。

「杉田さんが会長と面会していると聞いたので、失礼して立ち寄ってもらいました」

「僕も山根さんにお会いしたかったので丁度良かったです」

「杉田さんは社長や会長との面会で我々を同席させてくれないのはどうしてですか」

「二人だけの方が率直に話が出来るからです。昭和電工の鈴木治雄さんに会う時も、協和醱酵の加藤辨三郎さんに会う時もそうしています。どこのトップに対しても同じです。写真が必要な時はカメラマンに撮らせてすぐに先に帰らせます」

「二宮の話で面白い話はありましたか」

「面白い話ばかりでした。わけてもタイガー山口のニックネームの話はお腹がよじれそうになりました。ディスティラーズとの技術導入交渉で二か月先にアプローチしていた昭和電工を大逆転できたのは、中谷さんとタイガー山口のバーボンのお陰かも知れませんね」

「バーボンの話は何度も聞いているが、そんな話を書くんですか」

「まさか。でも昭和電工の岸本泰延さんを冷かしてやりたいとは思っています」

「止めてもらいたいなぁ。可哀想じゃないですか」

「そうですねぇ。間抜けな昭和電工ですものねぇ。ただ、〝青年将校〟の由来はバーボンかも知れない。ということは、松村さんは大逆転劇の話を知っているっていうことでしょうかね」

「松村さんが、なぜか私を含めて三人を〝青年将校〟と言ってくれてるらしいけど、私はついでの付け足しで、本物の〝青年将校〟は山口と中谷の二人です。特に中谷は背の高さといい、目鼻立ちの整ったきりっとした顔といいぴったりだからね」

「山口さんは〝ブル連隊長〟でしょう。誰が言い出したか知りませんけど」

亮平も山口と初対面の時に、「のらくろ」の〝ブル連隊長〟を連想したのだ。二重瞼のギョロ眼といい大きな顔といい表情に豊かさがある人物は二人とはいないとさえ思える。声量はたっぷりだし、話し出したら命令口調で迫力も相当なものだ。だが、笑顔になったとき、包み込むようなチャーミングな表情に変わるから皆んな魅了されるのだと亮平は思った。

大笑いした後で、山根が言った。

「二宮との面会で記事にする時は、事前に教えてください」

「そんな命令口調は山根さんだけですよ。マージャンで負けてくれるので、勘弁しますけど」

「杉田記者に口で敵う人はいませんね」

「口だけかなぁ」

亮平は肩をすくめた。

「ここも負けます」

山根は額に手を遣ってから、胸を叩いた。

「ハートが良いことは言わずもがなでしょう」

「その通りです」

亮平はにこっとしながら腰をあげた。

2

昭和四十七年のエチレン不況カルテルにより、石油化学メーカー各社の業績が回復した翌年冬、石油化学新聞社の社内で明昌保取締役編集局長と栂野棟彦局次長の対立が表面化するようになった。

亮平は次長から部長に昇格していたが、二人の上司の意見なり考え方で、明の方がまともと思えても、成富健一郎社長の厳命で、栂野に与せざるを得なかった。沈黙を決め込める場合は問題ないが執拗に意見を求められると、栂野の側に付くしか選択肢は無かったのだ。明は亮平を懐柔しようと躍起になったが、亮平は「僕には分かりません」と言ってはぐらかした。

例えば昭和電工グループがエチレン三十万トン計画で、大物政治家を使って認可させたことを、石油化学新聞として批判すべきだと明が主張する。栂野は無意味だと反対する。明に意見を求められた亮平は「すでに建設が進んでいます」と言って栂野を擁護すると言った案配だ。

『政治家の名前を出されて屈服した通産省の在り方を叩くのは我々の使命だ』と明は凄んだが、栂野も亮平も横を向いていた。


その頃、通産省化学一課総括班長の牧野力から電話がかかってきた。

「松ちゃんたちと一杯やりたいねぇ。杉ちゃんアレンジしてよ」

「喜んで。牧野さんの都合を聞かせてください」

「皆さんに合わせる。今週は何とでもなるよ」

「分かった。すぐ松ちゃんに連絡します」

亮平は松村に電話して、「さながら牧野力に感謝する会ですね」と冗談ともつかず言うと、すかさず松村は「違うよ。牧野力と杉田亮平を囲む会だよ。牧野さんに話したいこともあることだし、ちょうど良かった」と答えた。

翌々日、東燃石油化学企画室長の松村繁、日本合成ゴム海外部長の朝倉龍夫、新大協和石油化学企画部長の山口敏明が酒席を設けてくれた。

場所は赤坂の一流ならぬ一・五流の料亭〝氷川〟である。

〝氷川〟は文字通り氷川神社の近くにあるが、作家の松本清張が贔屓にしていて、彼の原作のテレビドラマに〝氷川〟の玄関やら座敷がしばしば用いられていた。

平松守彦《ひらまつもりひこ》が通産省基礎産業局総務課長時代に、酒席を誘われると〝氷川〟を指名するほど応援していたことは未だに語り草になっている。平松は大分県知事に転じ長期間知事職を務めたが、上京する度に〝氷川〟に顔を出すほど贔屓強かった。

〝氷川〟での会はもっぱらカラオケが主流だった。

亮平と松村が並んでマイクを握った時、松村が亮平を見上げて「杉ちゃんは〝ウスデカイ〟な」と言い放った。亮平は笑いながら「松ちゃんがチビなんだよ」とやり返してしまった。

「そんな言い種があるか」

松村は色をなした。

「僕は一七三センチ。〝ウスデカイ〟なんて言われるほどでかくないです」

朝倉が立ち上がって来た。

「松村さんは一五六センチ、私は一六二センチなので中肉中背で通っています」

朝倉はやにわに松村の右腕を摑んで、ワイシャツをめくった。

「剣道五段のこの手に薪を一本持たせたら、ヤクザの数人が束になっても叩きのめせるっていう話は聞いた覚えがありますよ」

「松ちゃんは気も強いが心優しい人でもある。頭脳明晰。身長とは何の関係もないことが身に染みて分かりました」

亮平は真顔だったが、松村はニヤニヤしていた。

「軍歌で行くぞ」

松村が言った。

「〝月月火水木金金〟で良いですか」

「作詞は高橋俊策《しゅんさく》。杉ちゃんの親戚だったな」

「そうです。僕の遠い親戚です」

牧野と山口も加わり、時ならぬ大合唱となった。

朝だ夜明けだ　潮の息吹
うんと吸い込む　あかがね色の
胸に若さの漲る誇り
海の男の艦隊勤務
月月火水木金金

赤い太陽に流れる汗を
拭いてにっこり大砲手入れ
太平洋の波、波、波に
海の男だ艦隊勤務

月月火水木金金

三人が席に戻ると、牧野が松村に話しかけた。

「エチレンに代表される過剰設備の圧力は相当応えてますか」

「牧野さんのおっしゃる通りですが、我々は協調することを学びました」

山口が口を挟んだ。

「松ちゃん、お説の通りだが、輸出に注力したことなど連帯感が出てきたメリットもあるでしょう」

「そう思うなぁ。我々は自社のメリットだけでなく石油化学業界全体が成長することを考えてるからねぇ」

朝倉が右手を小さく回して続けた。

「今夜もすっきりした気分ですよ。いや愉快と言うべきですね」

「朝倉さんはエチレンセンターでは無い気安さがありますね」

「杉ちゃん、ひと言多いぞ」

山口に肩をぶつけられたが、亮平はひるまなかった。

「ひと言ぐらいなら許されるでしょう。僕は酒席での話は記事にしてはならないと肝に銘じてます」

「その点は評価しよう」

松村が亮平の左肩に手を乗せて続けた。

「我々の会に先発四社のエチレンセンターがいないのも良かったね」

「なんだかんだ言っても牧野さんのお陰ですよ。最初にエチレン不況カルテルありきです」

山口が真顔で言った。

「皆さん方から本音の話が聞けるのはありがたいですよ」

牧野が続けた。

「杉ちゃん。エチレン不況カルテル・スクープのニュースソースを教えろよ。こっそり話すくらい……」

「忘れました。十年後ぐらいに思い出すんじゃないですか」

「杉ちゃんも強情だね」

「案外ね」

「次、唄っていいかな」

牧野が腰をあげた。

「じゃあ、リクエストしようかな。〝窓は夜露に濡れて〟」

亮平は〝窓は夜露に……〟の節をつけるのを止めて〝北帰行〟と言った。牧野の十八番で、小林旭調でないところが気に入っていたのは亮平だけでは無かった。

窓は夜露に濡れて
都すでに遠のく
北へ帰る　旅人ひとり

涙 流れてやまず
夢はむなしく消えて
今日も闇をさすらう
遠き想い はかなき希望《のぞみ》
恩愛 我を去りぬ

「次、杉ちゃん。美空ひばりの〝越後獅子〟歌ってよ」

愚図愚図していた亮平に牧野が催促した。

「おっ！　いいねぇ」

山口が合いの手を入れた。

午後十時過ぎにお開きとなった。亮平は山口との立ち話で、

「山根通正さんと中谷治夫さんにくれぐれもよろしくとお伝えください」

「分かった。今日の会のことは二人に話してあるんだ」


昭和四十九年一月、石油化学工業協会は、石油化学会社の部長クラスを対象に、東南アジアへ調査団を派遣することになっていた。松村はその調査団の一員でもあった。

そこへ石油化学新聞社の明昌保編集局長が調査団への参加を申し出ると、石化協メンバー会社の何人かが嫌々ながら賛成してしまったのだ。

ところが、調査団員の多くは『一週間の日程なので、喧嘩が起きるだろうし、その上に明さんが参加するとなると、もめ事が増えるのは間違いない。困ったことになった』と顔をしかめた。石化協の高坂専務理事が、総括班長の牧野に『明さんの調査団への参加を何とか阻止してもらえないだろうか』と頼み込んだのだ。

飲み会の翌日、亮平は通産省で牧野と向かい合った。

「明さんが東南アジア調査団に参加することで、団員たちがもめてるらしいんだ。杉ちゃんの意見聞かせてよ」

「松ちゃんが、牧野さんに話があると言っていたのは、その件だったのですね」

「石化協からも松ちゃんからも頼まれたからには何とかしなければならんよな」

「牧野さんが当社に出向いて、成富に直訴したらどうですか。成富は話の分かる人ですから、明に参加を取り止めなさいと説得すると思います」

「よし。それで行こう。杉ちゃんからあらかじめ、耳打ちしておいてよ」

「そんな必要は無いでしょう。電話でアポを取って、乗り込めばいいのです」

牧野は三十分ほどで成富を口説いた。

成富は明を石油化学新聞社近くにあるティルームに連れて行った。

「明君。東南アジア調査団の参加を見送りたまえ。ぶち壊しだと嘆いている人もいるだろうし、他の新聞社が我も我もと手をあげかねない。ここは私の反対論を受けてくれ。牧野さんが私に頭を下げに来たんだよ。分かってくれ。頼む」

成富は両手をテーブルに乗せて、小さく頭を下げてから、明を睨みつけた。

「社長命令ですか」

「そう受け止めてもらいたい」

「自費でもダメですか」

「まだ分からないのか」

成富に大きな声を出されて、明は降参した。

「社長命令に従います」

「牧野さんへの返事は杉田を使いに出そう。君が自発的に降りたことにしたらいいな。私から杉田に話す」

「よろしくお願いします。社長命令は大袈裟です」

「それでいいだろう」

「杉田以外にもこの件を知っているのがいるんでしょうか」

「何を言ってるんだ。業界中で話題になってるよ」

「ふぅーん。そこまでとは知りませんでした」

「情報力の乏しさを自戒したらいいな」

成富はすっと立ってレジへ向かった。

成富から話を聞いた亮平が翌日牧野に会った時、牧野は笑顔で「さすがですねぇ」とひと言話しただけだった。

その日の夕方、亮平は松村繁と築地にある東燃石油化学本社応接室で面会した。

「朗報があります。明さんは調査団に不参加です。自発的に降りたんです。牧野さんの大手柄ですよ」

「牧野さんが明さんに何か言ってくれたの？」

「きのう会社まで来てくれて、成富さんを説得したんです」

「それは凄い。総括班長がわざわざ出向いてくれたんだ。牧野さんならではだねぇ。他の参加者たちもホッとするよ」

「松ちゃん。一席持って然るべきでしょう」

「一席でも二席でも持つよ。日程調整は杉ちゃんに任せる」

二人は同時に上着のポケットから手帳を取り出した。

3

昭和電工副社長で化学製品事業本部長の岸本泰延から杉田亮平が夕食を誘われたのは、昭和五十五（一九八〇）年二月の寒い日の夕刻だった。場所は京橋の〝ざくろ〟の個室だった。亮平は岸本には何度も会っていたが、〝ざくろ〟は初めてだ。

夕食時でも、岸本は居酒屋のカウンターが好きで、新橋界隈が多かった。

「岸本さんから直接電話がかかってくるとは思いませんでした。いつもは秘書の平山さんを通してますからね。しかも、しゃぶしゃぶをご馳走になれるとは……」

「まだ私だけのアイディアに過ぎないので、今夜は内緒話みたいなものなんです」

岸本は六十歳。旧制中学の第一岡山時代に水泳で鍛えたというだけあって、がっしりした体軀である。二重瞼の表情はやさしく、童顔に近かった。

杉田亮平は四十一歳になった。生意気な態度は相変わらずだ。

「内緒話ってなんですか。僕に話したら、内緒話にならないかも知れませんよ」

岸本は、乾杯のビールをグラスに一杯だけ飲んで、すぐに日本酒の熱燗をオーダーした。酒はやたらに強い。熱燗を手酌で大ぶりのぐい呑みに注いで一気飲みしていた。亮平はビールをゆっくり飲むしか間が取れない。

岸本が本題に入ったのは、しゃぶしゃぶの牛肉を食べながらのことで、入室してから三、四十分も経っていた。

「実は杉田さんに相談したいことがあるんです。というより意見を聞かせてもらいたいんだな」

「何ですか。僕の意見を聞きたいと言われたら、言いたい放題、何でも言いますが」

「私は大分コンビナートの建設本部長として指揮を執ったので、コンビナートや石油化学の技術のことなどは熟知しています」

「そりゃそうでしょう。隅から隅まで、どこに何のプラントがあるかどころか、工場近辺の飲み屋街の一軒一軒、裏通りまでご存じでしょうねぇ」

ひと言もふた言も多いと思いながらも亮平は自分流をつらぬいた。

「昭和四十七年のエチレン不況カルテル時にも分かったことですが、当社のエチレン製造コストは十二センター中一番低い。省エネルギーの技術力が断トツに強いんです。最後発なるが故に頑張らざるを得なかった訳です」

「走り続けた結果、見事一等賞っていうことですね。大分は消費地に遠いハンディがありますから、省エネルギーでしか抜き返す術が無いことぐらい頭の悪い僕にでも分かりますよ。ハンディを克服できたっていうことですね」

「克服以上のことをしでかしたというのが私の実感です」

「そのことを石化新聞で記事にして欲しいということなんですか」

「いやいや。そんなことではありません。杉田さんは新大協和さんに強いんでしょう。新大協和さんに限って省エネルギー技術を譲渡しても良いと思っているのです」

「えっ！　それは岸本さんの個人的な意見じゃないんですか」

亮平が素っ頓狂な声を発するのは至極当然だった。

「鈴木治雄さんがＯＫするとは思えません。二宮善基さんとは犬猿の仲だと思います。僕だけじゃなく、誰だってそう思ってますよ。鈴木治雄さんの興銀嫌いは相当なものですからねぇ。新大協和は興銀系で、主力は今や東洋曹達なんです。東曹の二宮善基相談役も青木周吉会長も森嶋《もりしま》東三《とうぞう》社長も興銀出身です。しかも鈴木さんと二宮さんにとって、いや両社、興銀を含めた三社にとって〝昭電疑獄〟はタブーで、歴史から抹殺したいんじゃなかったですか。不自然にも程がありますよ」

亮平は珍しく大瓶のビールをグラスにどっと注いだ。泡がこぼれ、あわててグラスに口を運んだ。

岸本は手酌で日本酒をぐい呑みに満たし、飲み干した。亮平はビールをちびちび飲みながら、しゃぶしゃぶをガツガツ食べていた。

「鈴木が合理主義者であることを、杉田さんは分かってませんねぇ。それはそれ、これはこれです。昭電にも十分な利益があるんです。私は鈴木を説得する自信があるからこそ、杉田さんに話してるんですよ。鈴木に二宮相談役に挨拶させましょうか。待てよ。この件は売り手市場なんです。杉田さんが話してくれれば、向こうが飛びつくんじゃないかなぁ」

亮平が膝を叩いた。

「分かりました。岸本さんが僕に相談したいこととは、新大協和石油化学に打診してくれっていうことですね。〝青年将校〟に話します」

「〝青年将校〟？　何ですか。それは」

「東洋曹達の山根通正、中谷治夫、山口敏明の三人です。命名者は東燃石油化学の松村繁さんですよ。僕の十倍くらい口の減らない人ですからねぇ。二宮善基さんが僕と対談している時に、『私の自慢です』と言って、三人の名前を挙げたことがあります」

「三人は興銀のＯＢですか」

「違います。東洋曹達の生え抜きで、山根さんは昭和二十五年入社で東大法科、中谷さんは海兵を経て早稲田大学理工学部、山口さんは中谷さんと同じ二十六年入社ですが、一橋です。三人に話せばスピード感が桁違いです。僕にお任せください。ついでに協和醱酵の富久正三郎《とみひさしょうざぶろう》さんの耳にも入れておきましょうか」

「いずれはオープンになって当然ですが、私は杉田さんを信じています」

「岸本さんのゴーサインが出れば、石油化学新聞がスクープするのは当然ですよね」

亮平は抜け目なかった。

岸本はひとうなずきして、にっこりした。もっと笑顔を輝かせたのは亮平の方だ。

「一週間もかかりませんよ。僕はせっかちですから」

「念を押すまでも無いと思いますが、新大協和さんに限定してのことですからね」

「昭電だって得するんでしょう。利害得失が一致する。そういうことでしょう」

「参った。参った。よろしく頼みますよ」

岸本が破顔し、亮平もからから笑った。そしてビールのグラスとぐい呑みを触れ合わせた。

4

杉田亮平のせっかちぶりは遺憾なく発揮された。

翌日の朝八時に自宅から東洋曹達常務取締役人事本部長の山根通正の自宅に電話をかけたのだ。

「大変重要な話がしたいので、十時頃に会社へ伺います」

「会議中ですが、呼び出しても良いと秘書に話しておきます。時間はどのくらい必要ですか」

「三十分ぐらいです」

亮平は東洋曹達の応接室で一分も待たされなかった。

岸本の話を伝えた時の山根の対応は見事だった。

「なるほど重要かつ朗報でもありますね。この話は山口と中谷に杉田さんから直接話してください。私からそう言われたと明かして結構です」

「山根さん、ここから二人に電話してくださいませんか」

山根は厭な顔をせず、亮平の言いなりになってくれた。

その結果、山口は午後二時から三十分、中谷は二時半から三十分と決まった。

「山根さんの電話の様子で、お二人とも忙しいことは分かりました。午後に出向きますが、三十分ずつで説明出来ますかねぇ」

「三十分もかからないでしょう。杉田さんがまくしたてれば二人とも喜んで首を縦に振りますよ。私だってそうだったでしょう」

「そうですね。分かりました」

亮平は東曹の秘書室から、石化協の松丸晃に電話した。

「今、赤坂の東曹本社にいるけれど、これから石化協に行っても良いかな？」

「会議が無くてよかったよ。昼食を一緒にどう？」

亮平は松丸のお陰で、午後二時まで時間を潰せた。


山口敏明は前年に常務取締役に昇進し、総括本部長と企画本部長を兼務していた。

「昭和電工副社長の岸本さん直々の話なんですが、岸本さんは新大協和のエチレン製造コストをほぼ正確に把握していると思います。察するに新大協和を支援してやろう、助けてあげようという気持ちになったのだと思います」

山口は二重瞼のぎょろ眼を見開いてから、唸り声を発した。

「凄い！　素晴らしく良い話じゃないか。だけど鈴木社長がよく賛成してくれたなぁ。二宮嫌いは相当なものだと思うけどなぁ」

「その点は僕も心配したのですが、岸本さんは説得する自信があると言ってましたよ」

「ふぅーん。中谷も賛成するに決まってる。俺に話したように杉ちゃんから話して貰うのがいいな」

「もちろんです。反対するなんてあり得ないですよね」

亮平は時計を見ながら、「あと五分しかないか」と呟いた。

「今日中に岸本さんに念を押しておきます。まさか気が変わったなんてことは絶対に無いと思いますけど」

「岸本さんに会ったことは無いが、昭和電工の副社長ともあろう人に二言があるとは思えんな」

「その通りです。鈴木治雄さんは大嫌いですが、岸本さんを後継者にしたことだけが鈴木治雄さんの手柄ですよ。大手柄だと僕は本人に直接言いました」

「杉ちゃんは誰に対しても言いたい放題だものなぁ」

「そうでもないですよ。相手によりけりです」

山口は笑いながら応接室から退出した。

二分後に中谷治夫が亮平の前に座った。中谷は取締役研究管理部長である。

「こんにちは」

「お邪魔してます」

「山口と擦れ違った時、珍しくにこにこしていたよ。相当良い話みたいだねぇ」

「ええ。中谷さんも良い気分になると思います」

話を聞いて、中谷は「近来にない朗報ですよ」と言った後、腕組みして俯いて一分ほど顔を上げなかった。

「問題は松岡がどう取るか。どう出るかだな」

「新大協和専務の松岡さんですか。クセのある人で、僕は苦手です」

「技術屋の誇りっていうか、昭和電工なんかに頼りたくないって言い出しかねない。いや必ずそう出ると思うなぁ」

「〝青年将校〟が説得するしかないでしょう。三人が束になれば松岡さんはへこむしかないと思いますが」

「その〝青年将校〟のネーミングが面白くなくて仕様がない人なんだからね」

「やっかんでるだけのことでしょう。岸本さんに確認した上で、齋藤社長と池邊副社長の耳にも入れましょうか。孤立無援にすればそれまででしょう」

齋藤正年《まさとし》は通産省官僚から新大協和石油化学設立時に、乞われて社長に就任した。官房長までなりながら、産業政策局長、事務次官へのコースを自ら断った。人柄の良さは抜群で、『齋藤正《せい》年《ねん》』と呼ばれていた。亮平も魅了されたひとりだ。

一方、池邊乾治は日本興業銀行理事から大協和石油化学に移籍後、新大協和石油化学副社長に就任していた。

「山口と僕とでなんとか説得しますよ。いざとなったら二宮相談役と青木会長に応援してもらいます。折角の話を無にする手はありませんせん」

「その言《げん》や善しです」

亮平はにこやかに言って、起立した。

5

翌日の夕刻、亮平は岸本泰延に会った。場所は東京駅八重洲南口に近い雑居ビルの地下一階にある飲食店の〝宮城〟だった。

二人が〝宮城〟で会うのは三回目だ。L字型のカウンターだけでテーブル席はなかった。短い方は三人、長い方は六、七人座れたが、岸本はいつも出入り口に近い短い方の席を予約していた。

ビールで乾杯するなり岸本が言った。

「鈴木社長のOKも取り付けました」

「岸本さんも相当せっかちですね。せっかちは三倍働くと言った人がいます」

「新大協和さんの感触はどうでしたか」

「願ってもないことですよ。岸本さんはエネルギーコストが十二センター中最下位の新大協和を支援したい気持ちだと、〝青年将校〟の三人に話しました。もちろん三人とも乗り気です」

「それは安心しました」

「まず岸本さんが、取締役研究管理部長の中谷さんに会うのがよろしいでしょう。いずれにしてもこの件はまとまるに決まってます。新大協和の齋藤社長への挨拶は先でよろしいんじゃないですか。僕のお節介はここまでです」

「杉田さんに感謝します」

「新大協和の方がもっと感謝してくれると思います」

「なるほど。そうですね」

「それにしても鈴木治雄さんがよくぞOKしましたねぇ」

「以前にも話したように鈴木は合理主義者なんですよ。この件は利害得失が一致するのですから、当初から説得する自信はありました。むしろ良く考え出したと褒められましたよ」

「しかも〝青年将校〟の三人が挙げて喜びましたからねぇ。彼らは二宮さんの覚えもめでたく、今や東曹の中核的存在です」

「こういう話はひと月やそこらはかかるのですが、杉田さんはさすがスピードがありますね」

「せっかちなだけです。でも一週間は要すると思っていましたが、一日で見通しをつけられたのは良い話だからです」

「近日中に秘書から中谷さんのアポをとらせます」

「気がかりなことが一つあります。新大協和の技術屋で松岡という専務が、技術導入にゴネるかも知れないが、必ず説得しますと中谷さんは言ってました」

「杉田さんに相談して良かった。あなたの判断は適確です」

「記事にできないのは残念です。一面トップで書けるスクープですけどねぇ」

「当社はそう願いたいくらいですが、新大協和の立場を考えるとねぇ。三十万トンエチレンセンター会社の十一番がビリの十二番から省エネ技術を恵んでもらうなんて、プライドの問題でもあります」

「松岡専務は昭和電工に出来て、新大協和で出来ない筈がないなんて思うバカかも知れませんね。

それでも、〝青年将校〟らが抑え込むことは間違いありません。それも長い時間ではありませんから」

「今夜のお酒は格別美味しいですよ」

「僕は〝宮城〟の上等な家庭料理がいつもより美味しく感じられます」

カウンターの女将兼料理長に聞こえたのは当然だ。

「岸本さんからご予約を頂いたので、今日のお料理は特別なんですよ。気づいて下さって嬉しいわ」

「岸本さんが料亭などではなく、〝宮城〟を贔屓にするのが良く分かります」

三人連れの客が現れたので、女将は会釈して二人の前を離れた。

午後九時過ぎになって、岸本と亮平が帰る時、女将は階段を後から従いてきて、通りまで見送ってくれた。それは二人に限ったことではなく、来客には誰にでもそうしていた。

「お近いうちに是非いらしてください」

「はい。近日中に祝杯をあげることになりますので、必ず来ます」

答えたのは亮平の方だった。

ハイヤーが銀座の大通りに待機していた。

岸本家は川崎市幸《さいわい》区なので、当時北鎌倉に住んでいた亮平は同乗した。

亮平は自宅の近くでハイヤーを降りるとき、運転手から手土産を渡された。村上開新堂のクッキーは子供たちに喜ばれた。

6

新大協和石油化学が昭和電工からエチレン製造の省エネルギー技術を導入するまでに、数か月を要したが、亮平がこのことを岸本から知らされたのはもっと後のことである。

亮平と岸本は〝宮城〟で会っていた。

「杉田さんのお陰でやっと決まりました。当社はそのために昭和エンジニアリングという別会社を設立して、全力で誠意をもって対処しています」

「そんなに時間がかかったのですか。僕はとっくに終わったと思っていました」

「新大協和の松岡専務が、昭和電工に出来て新大協和に出来ないことはないとゴネた結果です。今頃、両社の技術力の格差に驚いていると思いますよ。技術屋には時々、プライドの塊みたいな風変りなのがいるんです。そんなのが技術陣のトップに立つと下は大変です」

「〝青年将校〟が束になっても、そのていたらくでは、新大協和の前途は多難ですね」

「それと大協和石油化学時代は、親会社は協和醱酵と大協石油の二社でしたが、新大協和になって、東洋曹達、大日本インキ、日立化成、日本興業銀行が出資して六社になったこととの影響もあるかも知れない」

新大協和石油化学は昭和四十三年に鐵興社を含めた七社で設立されたが、鐵興社は昭和五十(一九七五)年に東洋曹達に吸収合併された。

「そうですね」

「ですが、研究管理部長の中谷さんは、当社との技術力の格差を熟知していました。さすが〝青年将校〟だと感心しました。私と同じ技術屋の誼《よしみ》もありますが、話が分かる、すぐ理解出来る点が共通していることも琴線に触れました。工場勤務の時に、省エネルギーの必要性を力説したレポートをまとめたそうですね。ご本人から直接その話を聞いた時は、少なからず感動、共感しました」

「岸本さんが中谷さんを評価してくださるのは嬉しいです。中谷さんは海兵で鍛えられてもいますからね。人間味の深さは山口さんより上ですよ」

岸本は黙って二度三度深く頷いた。

「山口さんはどんな感じでしたか」

亮平の質問に岸本は笑顔になったが、少し間を取った。

「声の大きさに圧倒された訳ではないが、豪快というか、初対面という気がしなかったのは不思議な気がしました。話も弾んだことだしね。やんちゃな感じがしないでも無いし……」

亮平は表情を引き締めた。

「うぅーん。岸本さんの感覚、人を見る眼の確かさはさすがです」

「山口さんは私より十歳下のはずなのに、年齢差を感じさせなかった。堂々たるもので気も強いんでしょうねぇ」

「その通りですが、繊細な面もあります。岸本さんと同じで涙腺が緩いんです。感極まるのも普通の人とは異なり、何ていうか複雑な人でもあります。山口さんと中谷さんは同期ですが、文系のトップと理系のトップです。まぁ、ライバル意識は相当なものなんじゃないでしょうか」

岸本が唸り声を発した。

「杉田さんの観察眼、観察力にも驚きますよ」

「僕と二回りほど違う岸本さんから褒められたら嬉しくてなりません。岸本さんの優しさは群を抜いて一番です」

岸本の眼が潤んでいるのを見て、亮平は胸がドキドキした。涙腺の緩さは自分も同じだとも思い、岸本に一層心を寄せていることを意識した。

「それにしても、結果がでたのですからもう一度乾杯しましょう」

岸本はぐい呑みを、亮平が手にしたグラスにぶつけてきた。

「乾杯!」

「乾杯!」

亮平はむろんまんざらではなかったが、次に岸本が口にした言葉に仰天した。

「両社の提携には相当な対価が伴います。杉田さんだからストレートに話しますが、一千万円の謝礼を差し上げたいと思います」

「それは成冨さんに相談しませんと……。いただくとしても半分の五百万にしてください」

「成冨社長に話す必要がありますか」

「あります。金額が大き過ぎます」

「成冨社長のことだから、一千万貰っておけと言うかも知れませんよ」

事実、結果はその通りだったが、亮平は半分の五百万に拘泥した。

「杉田らしくて良いが、勿体無いとは思わんのか。まぁ、いいだろう。その時は私が立ち会ってやるとしよう」

「じゃあ成富さんに百万円あげます」

「バカ言うんじゃない。立ち会うだけだ。二人限りの話だ」


昭和電工本社ビルは国鉄山手線浜松町駅から、亮平の足で十分ほどの芝増上寺の近くにあった。受け渡しは役員応接室で、相手は昭和エンジニアリング社長の江藤昇《えとうのぼる》だった。

さらに後日談がある。約二年後の昭和五十七年秋、藤沢税務署の職員が北鎌倉の亮平の自宅に現れたのだ。

「申告してなかったら事件ですよ。この五百万は〝雑収入〟になりますので、税率が異なり、所得税は百五十万になります。修正申告をして可及的速やかに納入してください」

この話を亮平はすぐ、岸本に打ち明けた。

「半分にした上に百五十万も税金に取られるとはねぇ。調査費などで補塡するようにしよう。本当に申し訳なかった」

「補塡なんてとんでもない。三百五十万円で十分です」

「そうはいきません」

岸本にしては厳しい表情だった。

「杉田さんのお陰で当社と新大協和石油化学の技術提携、業務提携が可能になったんです。杉田さんは当社にとっても、新大協和さん、東洋曹達さんにとっても福の神です。これからもくれぐれもよろしくお願いします」

「あべこべですよ。僕にとって岸本さんこそ福の神です」

「杉田さんは鈴木に対して『岸本を後継者としてピックアップしたことだけが、鈴木の手柄だ』と言ったそうですが、相当気にしてましたよ。今回の件で、三人で一杯やることは考えられませんか。なんとか私の顔を立ててくださいよ」

「気乗りしませんが、岸本さんの立場もわきまえているつもりです。鈴木治雄さんとなると、〝宮城〟っていうわけにはいかないでしょうねぇ。しかし一回は受けないといけませんね」

「なるべく早く返事をください」

「十一月始めぐらいでどうでしょうか」

「良いですか。嬉しいなぁ。杉田さんは鈴木のことが好きになるんじゃないかな」

岸本の考え過ぎで、期待外れに終わることは間違いないと亮平は思っていた。


岸本泰延は昭和五十六年四月に昭和電工の社長に就任していた。社長自ら特別とは言え、杉田亮平を信頼して営業活動をしていたことになる。

トップシークレットなるが故に、そうせざるを得なかったとする見方が当たっていると言うべきかも知れない。

「新大協和の松岡専務が技術者のプライドを含めてゴネていなければ、もっと早く両社とも得していたと思います。技術屋には妙に誇り高い人、自尊心の強い人がいますが、松岡さんはその典型でしょうねぇ」

「僕も何度か会っていますが、いつもながらじっくり話を聞く気にはなれませんでした。ところで松岡さんが折れたのはどうしてなんですか」

「機密保持契約を結んで、可能な限り数値を開示して、両者の格差を知らしめた結果です」

「なるほど、グウの音も出ないとはこのことですね」

「杉田さんが沈黙を守ってくれたことも大きいですよ」

「成冨さんには経緯を話しました。謝礼が五百万円もの大金ですからねぇ。もっとも成冨さんはどうして一千万円貰わないんだとか言ってました」

「私も同感です。本当は一千万どころじゃないほどの大仕事なんですよ。江藤から聞きましたが、契約書を交わした時、成冨社長が立ち会ってくれたそうですね」

亮平はクスクス笑った。

「成冨さんは僕の関わることに夢中になってくれるんです。岸本さんの言いなりになる鈴木治雄さんみたいに……」

岸本が首を傾げたのは、比較の対象がおかしい、違い過ぎると思ったからかも知れない。

亮平は岸本と別れた後、東燃石油化学の松村繁を訪ねるため、中央区築地までタクシーで向かった。アポイントは取っていなかったが、留守なら他の人に会えばいいだろうぐらいに考えたのだ。

松村は在席していた。

応接室で顔を合わせるなり、亮平は言った。

「〝青年将校〟の命名者に会いたくなったんです」

「わざわざ会社まで訪ねて来てくれてありがとう。杉ちゃんにはいつも会いたいと思ってるよ。

年中会っているのにねぇ」

「〝青年将校〟は咄嗟の思い付きですか」

「中谷治夫は海軍兵学校だし、タイガー山口に至っては東幼（東京陸軍幼年学校）から陸軍士官学校だから、世が世なら一緒にカラオケしたり酒なんか飲めないだろう」

「朝倉さんも海兵ですよ」

「中谷治夫は〝青年将校〟の中で一番格好良いなぁ。確かに中谷なかりせば〝青年将校〟とは言わなかったと思うね」

「山口さんは〝ブル連隊長〟がぴったりですよ」

「タイガーの奥さんもそう呼んでるらしいよ」

「誰に聞いたのですか」

「部下の井上文彦《いのうえふみひこ》が言ってた」

亮平はホッとした。自身でしゃべっていないことを確認したからだ。

山口敏明は昭和五十九（一九八四）年六月に、生え抜きとして初めて東洋曹達工業社長に就任した。

松村繁は昭和六十（一九八五）年三月に東燃石油化学社長に就任した。

朝倉龍夫は昭和六十二（一九八七）年六月に日本合成ゴム社長に就任した。

牧野力は平成八（一九九六）年八月、通産省官僚トップの通商産業事務次官に就任した。退官後は民間に天下りせず、NEDO（新エネルギー・産業技術総合開発機構）理事長、財団法人日本情報処理開発協会会長を歴任し、独自の生き方を貫いた。

第五章　二足の草鞋

1

石油化学新聞社は拡大、拡張を続けて、昭和四十（一九六五）年杉田亮平が二十六歳の頃、社員が大きく膨らみ百人以上の規模になっていた。亮平が入社した七年前の社員総数は十四人だった。

プロパン・ブタンニュースと石油化学新聞だけで百人の社員はいくら何でも多過ぎた。出版部や調査部を新設して、仕事を増やしても社員の過剰は否めなかった。

ただし職場の雰囲気は常に明るさが漂っていた。さながら梁山泊の趣を呈していた。成冨が動じた姿勢を見せず、鷹揚に構えていたからだ。自分自身が最も仕事をしているという自負もあったのだろう。

当然のことながら人件費が膨張し、経営を圧迫した。

取引銀行である三和銀行からの融資も厳しくなり、資金繰りが悪化、給与の遅配が生じたとき、成冨は増資で乗り切る以外に手立てはないと判断した。

有力企業に株式取得を願い出ることになると、亮平はいち早く日本石油化学の林茂専務に頼み込んだのだ。

「いいだろう。化学工業日報の前例もあることだし、百万円出資しよう」

林はすぐさま胸を叩いて承諾した。それが引き金となり、三菱油化などの他社も応じ、難局を切り抜けることができた。

創業社長、成冨健一郎の絶大な経営手腕が見事だったゆえである。


当時、柴田道司《しばたみちじ》なる男が入社していた。柴田は五十四歳で整理部長だ。山形県生まれで、東北弁のイントネーションは濃厚だが悠揚迫らぬ物腰に亮平は好感を覚えた。

柴田も亮平の取材力、文章力を評価した上で、さらにその能力を引き出そうとしてくれた。

「杉田さん、ここは一歩、いや二歩三歩引きましょう。前のめりになっている部分をこんな風に書き直したらどうでしょうか」

「よく分かりました。もう少しやさしく書いてみます」

柴田は書き直した原稿を見て「相当良くなっています。さすがです」と褒めてくれた。

「この文章を三行割愛するだけで、ぐっと良くなりますよ。どうでしょう。ここは一行追加しましょうか」

柴田は手取り足取りで亮平を指導した。

柴田の入社は鳴り物入りではなかったが、柴田は昭和四十年上期の直木賞候補にノミネートされていた。

入社が成冨の伝手《つて》であることも然りだ。社内は受賞への期待感で明るいムードが漂った。

候補作品は〃川の挿話〃である。

選考委員の大佛次郎《おさらぎじろう》が『この優れた作品は、幾度か繰返して読んでも出ている人間たちの人間臭さにその度に深い微笑を味わい得ると思う。どんな明朗な作品も、二度三度と読む内に、微笑が薄れて来るものだが、この作品では人間性――それも無骨不自由な東北人の重たい性格から湧くものなので泉は土中に深い』などと激賞したが、惜しくも受賞には至らず、成冨と共に当該作品を事前に読んでいた亮平も悔しくてならなかった。

成冨は柴田の言動能力を高く評価して、この年に彼をサウジアラビアなど中東に派遣し、『炎と砂と　アラビア小紀行』をルポさせている。柴田はカメラマンも使い、二七〇ページに及ぶ四六判の本を刊行した。発行元は石油化学新聞社なので、東販、日販等の扱いを得られず、社員はノルマを与えられ、取材先の任意団体や企業に押しつけ販売した。

いや、それは違う。亮平は面白くて一気読みしたので「読んだほうが得だと思います」と思わせぶりながら、結構売りさばいた。定価は四八〇円だった。

柴田とのやりとりでこんなこともあった。

「杉田さん、ちょっとよろしいですか」

東北訛りのある独特の言い回しである。

「明さんの文章で私がとやかく言うのもなんなので、あなたから言ってください」

「なにをどう言えばよろしいのですか」

「〃訳だ〃〃わけだ〃がやたら多いのです」

「分かりますけど、僕から明さんに直言できませんよ。成冨さんしかいないと思います」

「そうですねぇ」

柴田は腕組みしていたが、すぐ亮平をまっすぐとらえた。

「そうします」

「どうも」

亮平はもう起立していた。いずれも会議室兼応接室での会話だ。

柴田は早稲田大学仏文科を中退後、国民新聞、東京新聞、山形新聞、婦人タイムズなどの編集記者、整理部などで活躍した。

柴田は二年余りで石油化学新聞社を退社し、作家活動に専念したが、〝川の挿話〟を凌ぐ作品は物に出来ず、大成しなかった。

亮平は残念でならず、成冨に食い下がった。

「柴田さんを石油化学新聞社の顧問か客員で迎えて、もうひと花咲かせてあげましょうよ」

「杉田の気持ちはよく分かるし、私もそんな風に考えぬでもないが、柴田さんは東北地方に骨を埋める以外にないと思う。彼もかくありたいと願っているんだ。二人で話し合って確認しているから心配するには及ばない」

「勿体ないなぁ。柴田さんほどの人物がこの会社に存在するだけで、自慢できるのに……」

「杉田らしくて悪くないが、頼む。諦めてくれ」

成冨に頭を下げられたら、押し返すことは無理だ。

「分かりました」

「それはそうと君が何か書くことは考えられないのか」

「日曜日まで仕事させられているんですよ。そんな時間ある訳ないでしょう」

「そんなに忙しいのか」

「日曜日はもっぱら座談会のテープ起こしです。プロパン・ブタンニュースだけじゃなく、石油化学新聞にも関心を持ってください」

「石化新聞は明君に任せている。杉田は給与に見合う仕事をしているとも言えるな」

亮平はふくれっ面になったが、言い返せる筈がなかった。


柴田退社後、程なく三木卓《みきたく》が入社した。三木も作家志望だった。三木の立場、身分は調査部所属だ。三木は左脚が少し悪かったが、気にする様子は全くなかった。

明朗闊達で、話していて気持ちが良かった。三木は即戦力でもあった。

「杉田さん、我が国の石油化学業界を〝利益無き繁栄〟などと言っている人たちが存在するのはどういうことなのでしょうか。具体的に教えてください」

「僕にはよく分かりませんが、化学工業は石炭やカーバイドを原料としていたのですが、最近はナフサを原料にしています。つまり原料の転換を急速にやり過ぎた結果だと思います。欧米からの技術導入を競い合い過ぎたんです。どっと殺到すれば、混乱するのは仕様が無いんじゃないですか」

「混乱はまだまだ続くと思いますか」

「ううーん。簡単には行かないでしょう。どこからか調査依頼があったのですか」

「はい。外資系のリファイナリー会社からありました」

亮平は、石油化学新聞社調査部の実力のいかんを試そうとしていると直感し、ここは踏ん張り所との思いを新たにした。

「僕はＭＩＴＩの情報力に強い方なので持てるパワーを三木さんに全て開示します」

「ありがとうございます」

「二人がかり、いや栂野さんも入れて三人がかりで対応しましょう」

亮平は内心、栂野を当てにしていなかった。しかしながら、言動能力は半端ではない。やっぱり三人がかりであるべきだ、と咄嗟に頭の中をまとめた。

「三人がかりですか」

「レポートを書くのは三木さん一人です。情報をメモにして提出するのは僕の役目です。栂野さんが持っている情報も僕が取りまとめます」

「なるほど。よく分かりました」

三木の笑顔は素晴らしかった。少し大袈裟だが、亮平は幸福感を覚えた。有頂天にも程があるとも言える。

三木卓は三年程で退社し、執筆活動に専念した。三木の住居は神奈川県の大船だった。

三木は石油化学新聞社退職後、ほどなく芥川賞を受賞した。受賞作は短編の〝鶸《ひわ》〟だ。

成冨の住居は練馬区関町で、会社がある神田岩本町までの通勤にはバスと電車を利用していた。往復二時間強の通勤中は〝読書時間〟と称していたが、さすがに音をあげて、ドイツ車のフォルクス・ワーゲンを購入した。運転手は社員の岩井章一《いわいしょういち》である。大柄で体力抜群の岩井はカメラマンだ。

社員が百人以上の業界紙の創業経営者が車で出勤するのは当然とも言える。

ただし、岩井が従業員組合の委員長だったことが亮平にはどうにも解せなかった。成冨は岩井から社内情報を聴取しているつもりでいながら、逆に経営側の情報を与えている方が多かった。ボーナスや賃上げ等の団体交渉で、岩井に攻められた成冨が『しまった』と思うことが少なくなかったのだ。車の中でしゃべっていたことを指摘されたに過ぎない。

ほんの一時期、社員に推され続けて断り切れず、組合の三役をやらざるを得なくなった亮平は、岩井が成冨、明、井桁などの経営側に押され放しの時、見かねて口出ししたことがあった。

亮平がいちいち具体例を挙げて追及するため、成冨たちは反論できなくなった。

団交終了後、成冨が立ち話で、亮平をひと睨みしてから優しい顔に戻った。

「おまえはアナーキーであり過ぎるぞ。早く管理職にして黙らせるしかないな」と冗談ともつかず言った。

「言いたいことを言わなかったら、鬱病だかノイローゼになってしまいます」

「君がノイローゼになる前に私の方が先になるんだろうな。それと話は飛ぶが、明君が社長は杉田を贔屓し過ぎですって怒っていたよ」

「明さんの方が成冨さんよりもっと僕を贔屓しています。それだけ僕が仕事をしているっていうことですよ」

「口の減らない奴だ」

「否定しません」

「まったく。君っていう奴は……。もういい、席に戻ってくれ」

成冨はサジを投げてしまった。

2

杉田亮平は成冨社長には借りはないと常々思っていた。

入社時の経緯はともかく、営業力も抜群で「杉田メリットを考慮してくださいよ」などと大企業の役員にまで、電話で広告を頼むほど、厚かましく図々しくもあった。

杉田は稼いでくれると、成冨が高評価するのも当然だ。

昭和四十九（一九七四）年三十五歳の夏、身体が重く、けだるい体調が続いた亮平は、夏バテに過ぎないと思い、栄養補給のためにと無理やり中華料理などを食べていた。

しかし石油化学工業協会（石化協）に出かけた時、職員の松丸晃が亮平の異変を見抜いた。

「杉田君、いますぐ病院に行くべきだと思う」

「どういうことだ？」

「僕もそうだったが、急性肝炎に間違いないよ」

松丸にしては強い口調だ。

「思い出した。松丸は半年程、石化協を休んでいたよな。見舞いに行った覚えもあるよ」

「これからすぐに病院へ行くことを勧める」

「そうか。午後二時過ぎだな」

亮平は時計を見ながら「出版健保の病院に行くとするか」と呟いた。

「タクシーで送りたいくらいだ」

「ありがとう」

亮平は飯野ビルから神田駿河台の出版健康保険組合の診療所へタクシーで向かった。

社員が少人数の頃に、石油化学新聞社は出版健康保険組合に加入していた。

担当の内科医は問診と採血をした後で亮平に命じた。

「すぐ会社に帰って、自席で待機していなさい」

内科医は厳しかった。

躰がかったるいくらいでやけに大袈裟な医師だと思いながらも、亮平は〝命令〟に従わざるを得なかった。

亮平が机にうつ伏している時、成冨に背中を叩かれた。

亮平が事情を説明すると、成冨は「おそらく入院になるんだろうな。後のことは心配するな」と優しく言った。

夕刻、医師からかかってきた電話は「即刻入院しなさい。順天堂大学附属病院がよろしいでしょう」だった。

順天堂大学病院は会社には近いが、北鎌倉の自宅に遠すぎるので、亮平は大船共済病院に入院した。入院後五日間は面会謝絶で、絶食、点滴のみだった。

点滴中、東洋曹達の山根通正取締役総務部長が強引に来院した。山根は六人部屋の一隅でカーテンに囲われた亮平を一目見て、肝を冷やしたらしい。

『一巻の終わりだなぁ。いつまで保つやら』と思ったと、後日亮平に述懐している。

三か月ほど経った頃、最新の治療を受けた方が良いとのアドバイスもあり、大船共済病院から東京港区白金台の東京大学医科学研究所附属病院に転院した。バイオプシー（生検）などの検査を受け、さらに約三か月入院した。

退院後も自宅療養は続いた。当時の肝臓病に対する治療は深刻だった。〝沈黙の臓器〟と言われていた時代でもあった。

肝炎が完治したのか分からないが、痛くもなければ痒くもなかった。

自宅療養でぶらぶらしている間に亮平は小説を書いた。コクヨの原稿用紙二千枚ほどを投じたが、破ったり、書き直しの方が多いに決まっている。それでも清書したら約五百枚になった。

亮平は一年間の休職を経て、昭和五十（一九七五）年九月から会社に復帰することになった。

八月下旬、成冨健一郎夫妻が軽井沢の別荘で快気祝いをしてくれた時、亮平は〝虚構の城〟と題した生原稿を成冨に提示した。

「えっ！　きみは会社休んでこんなものを書いていたのか」

「退院後の自宅療養中は暇で暇でどうしようもなかったのですから、申し訳ない。許してください」

成冨は一時間程、斜め読みして、唸り声を発した。

「杉田、大したもんだ。本にする当てはあるのか」

「当初日経新聞を考えていたのですが、経済部の記者に読ませたら、後半の三分の一を書き直せなどと言われたんです。もう仕事に復帰するので、書き直しは難しいと断りました」

「そうだなぁ。仕事に戻ったら、二百枚ほどの書き直しは難しいだろうな」

「知り合いの週刊現代の編集者に読んで貰おうと思っています。木《き》内《うち》貞《さだ》之《ゆき》さんという人ですが、石油危機などで僕の談話を何度も取りに来ていて、親しくしているんです」

「講談社ねぇ。私は自作を上梓するとしたら新潮社に決めている」

「格が違う訳ですね」

「私のことはどうでもいいが、講談社がダメだったら、石油化学新聞社で出版してやるからな」

「はい。会社を休んでいる時も給料の七割も支給してくれた成富さんには感謝しています。本になったら印税の半分は差し上げます」

「たわけたことを言うな。これは上梓されると思うよ。ただし、会社を辞めたら承知しないからな。君には死ぬまで会社で働く責務があることを忘れないでくれ」

「作家になれたとしても二足の草鞋を履き続けます」

亮平は成富を拝んでから、頭を畳にこすりつけた。

「杉田、やり過ぎだぞ。君のことだから内心はふんぞり返っているんだろう」

「そこまで図々しくないですよ」

「そのもの言いが、もう示している」

「すみません。態度が大きくて悪いことは猛省します」

「いずれにしても、妙なことになってきたなぁ」

控えめで、心優しい成富夫人が初めて口を挟んだ。

「パパさん。そろそろ夕食に出かけましょうか」

夫人は成冨を『パパさん』と呼んでいた。

亮平は成冨家に泊り込んで、成冨の運転する車でゴルフに出かけることが幾度もあった。

成冨が話題を変えた。

「大和鉱油が出光興産であることは一目瞭然だな。クレームが来るかも知れないな」

「来ませんよ。喜んでくれる社員の方が圧倒的に多いと思います。僕の体験、経験も含めて、リアリティには自信があります。杉田亮平となら昼間からマージャンもしますし、飲み会やゴルフなどにも誘ってくれます。通産情報を教えてますからね。特別扱いされている記者は僕一人だけだと思います」

「問題は明がどう出るかだな。明が杉田に優しくしているのは君が出来るからで、心の底ではヤキモチ焼いているかもしれないぞ」

「それは成冨さんに問題があるんです。僕を大事にし過ぎるからです」

「君が仕事をしてくれるから大事にするのは当然だろう」

「ヤキモチ焼かれる身にもなってください」

「二足の草鞋が実現したら、もっとひどいことになるんだろうな。ただし、私は三木卓のように君が辞めることは断じて許さんからな。くどいようだがこのことは信念みたいなものだ。肝に銘じておいてもらいたい」

「分かりました。ありがとうございます」

「ペンネームの高杉良《たかすぎりょう》はなかなか良いよ。高はカミさんの旧姓の高橋から取った訳だな」

「はい。良は亮より分かりやすいし、書きやすいからです」

「明を甘く見てはならないぞ」

「心配ありません。明さんの岳父の赤路《あかじ》友蔵《ともぞう》さんが出光から選挙資金を貰っているんですよ」

「杉田はそんなことまで知ってるのか」

「出光の社員からいろんな情報が入ってきますからね」

「よし分かった。食事に行くとするか」

成冨の声が浮き浮きしている。亮平は嬉しくてならなかった。


〝虚構の城〟の出版は、講談社の企画会議ですぐさま決定し、昭和五十一（一九七六）年六月に初版六千部で刊行された。

石油化学新聞社の社内は騒然となった。

嫉妬、羨望を含めて社内の反応は圧倒的にアンチ亮平だった。

成冨は「杉田君は大仕事をしてくれた。石油化学新聞社の名を高からしめることは間違いないと思う。よくやったよ」と言うと、明も「たいしたもんだと私も思います」と成冨に同調した。

ところが翌日、明の態度が豹変した。

「よく考えてみたら、会社を辞めて書くべき作品だと思えてきた。出光興産とおぼしき取引先を叩くとは言語道断だ。杉田君には辞職を勧めたい。そういう方向で社長と意見調整したいと思ってる」

明は岳父の赤路友蔵が出光興産から選挙資金を取得していることをうっかり失念していたのだ

ろう。このことを妻に指摘されて、周章狼狽したのだ。赤路は社会党で鹿児島県選出の代議士だった。

成冨が明を叱りつけて一件落着と思いきや、そうはならなかった。

わけても栂野の嫉妬はもっとひどかった。

日本石油化学社長で元通産省事務次官の今井《いまい》善衛《ぜんえい》に言いつけたのだ。栂野は今井とは通産官僚時代から親しくしていた。

亮平は今井に呼びつけられた。

「杉田さんの立場でこういうことをしてはいけません。立場をわきまえないにも程があると言いたいですね」

「出光興産の多くの社員が『よくぞ書いてくれた』と言って、僕に拍手してくれていますよ。企業体質に問題があると僕は思っています。おたくの会社の人たちも『面白く読ませて貰った』と言ってくれる人が多いことを、今井さんはどうお考えですか」

今井は露骨に嫌な顔をして、「杉田さんとはもう会いたくないですな」と言い放った。

亮平は「僕も今井さんにお会いするのは今日限りにします」と、言い返して起立していた。

『こんなのが事務次官になる通産省もどうかしている。今井の天下りを渋々認めた日石化学の社員が可哀想だ』と胸の中で悪態をついていた。

キャリア官僚には誇りが高く、下々に対して露骨に見下ろす癖のある人がいるが、今井はその典型だ。亮平は今井の尊大な態度が嫌で嫌でたまらなかった。

石油化学新聞社従業員組合の新村《にいむら》委員長からもクレームを受けた。

「組合としても看過できません。厳重に抗議します」

「きみ。生意気言うじゃないか。会社を辞めればいいんだな」

「そこまでは……」

新村は口ごもった。入社当時から亮平に鍛えられていることに、ふと思いを致したのだ。

「ま、きみの立場も分かるよ。この事を組合誌に書いたらいいな。本当にそう思うよ」

亮平は優しく新村の肩を叩いた。

新村は早稲田大学政経学部の出身で、仕事ぶりも上の部類だった。

「僕に抗議したことを明らかにしたらいい。そうしないと僕の気が済まないんだ」

「ちょっと考えさせてください」

「成富さんにも明さんの耳にも入れないからな」

「どうも」

「じゃあ、なぁ」

これでおしまいだった。新村は社内で沈黙してしまった節がある。

社の内外で杉田亮平の〝二足の草鞋〟に反感を持つ向きがあることを察した成富は、少なくとも社内では釘を刺しておこうと考えて、社員を集めた朝礼でスピーチしたのだ。

「杉田はよくぞ小説を書いたと私は評価する。君たちも作家を目指して頑張ってくれ。第二の杉田が現れることを切に願ってやまない」

亮平は胸が熱くなり、お辞儀をするのが精いっぱいだった。

東洋経済が『内部事情に詳しいことから出光興産の関係者が書いたと思える』などと短評を書いてくれた。

亮平は同誌編集長の高柳弘《たかやなぎひろむ》に面会し、事情、実情を話すと、高柳は喜んで、「次はウチに連載してください」とまで言ってくれたが、亮平が多忙を極めていたため実現しなかった。

3

昭和五十五（一九八〇）年夏、杉田亮平がホメイニ革命最中のイランを取材したい旨を成富に申し出た時、激しく反対された。

「いくらなんでもダメだ。命がいくつあってもたりないような所へ、君を出すなんて考えられない。冗談じゃないぞ」

亮平は負けずに大きな声を発した。

「バンダルホメイニのサイトに日本人が大勢いるんですよ。一般紙の記者が誰一人行ってないからこそ、僕が行くんです。その価値は途轍もなく大きいとは思わないんですか。行かせてください。広告などの営業活動もして、旅費などの元は取りますから。成富さんが反対するんなら、フリーライターとして行くことにします。スポンサーは掃いて捨てるほどいますよ」

成富はぷいと横を向いて、腕組みをし続けた。

「とにかく行かせてください。石油化学新聞の価値を上げてみせます。一般紙やテレビ局を真っ青にしてみせます」

「杉田のイラン行きに賛成する訳には参らんな。命は惜しくないのか」

「惜しいに決まってますよ。でも命がけで取材することこそが生きがいでもあるんです。僕の強運を信じてください」

「君にはいつも押し切られてしまう。杉田は言い出したら後には引かんからなぁ」

「ありがとうございます」

亮平はにこにこしていたが、成冨の仏頂面は変わらなかった。


亮平は通産省通商政策局長の藤原一郎に面会した。元化学一課長だ。

「在イラン大使の和田さん宛に紹介状を書いてくださいませんか。お願いします」

藤原はにべもなかった。

「勘弁してくれ」

ところが藤原と同期で、通産省審議官から参議院議員に転じていた山本実《やまもとみのる》は「喜んで……」と快諾し、名刺の裏に丁寧な紹介状を記してくれた。

亮平は昭和五十五年八月十六日二十時成田発のJAL機でテヘランへ向かった。当時JALは、週一往復でテヘラン便を運行していたのだ。イランに一週間滞在し、翌週同機で帰国する予定だった。

JALの機内では、「イランでの滞在中、アルコールは一切飲めませんから……」と同行した東洋曹達の社員に言われ、二人でワインや和食を楽しみ、ゆったり過ごしたが、入国審査では三時間も待たされた。混乱していた時期であった。

テヘランではヒルトンホテルに宿泊し、翌日、日本大使館を訪問した。和田力大使は亮平の取材を快諾してくれた。

さらにイラン三井物産社長、東洋エンジニアリング・テヘラン駐在事務所長ら関係者への取材も行った。

バンダルホメイニはペルシャ湾近郊にあり、テヘランからはイラン航空国内便でアワズ空港へ向かった。そこからは車での移動だ。

テヘランやIJPCのサイトがあるバンダルホメイニ（革命以前はバンダルシャプール）では三井物産の桑田《くわた》駐在員がフルアテンドしてくれた。

サイトでは韓国人の作業員たちの働きぶりに感服したが、イラン人はそれを小馬鹿にしていたのが印象的だった。

サイトがあるマシャール・キャンプに三日間滞在して取材も終わったので、亮平は一日でも早く帰国したい旨を桑田に伝えた。

「取材は完璧に済ませました。一日も早く帰国したいのですが。日航機以外でも結構です。手配してくれませんか」

桑田は仰天して、亮平をしげしげと見つめた。

「およしになった方がよろしいと思います」

「入国時に三時間も待たされたうえに、新品のカバンにマジックインキでいたずら書きのようにペルシャ語で何やら書かれたことに思いを致せば、何があっても我慢もできます。どうかお願いします」

「後で後悔することになると思いますけど……」

「一日でも早く帰ればおつりが来ますよ」

テヘランからの飛行機はイラン航空機だ。少年兵が機関銃を構えて乗り込んで来て、機内をうろついていた。少年兵が去るまで亮平はひたすらうつむいていた。機内では食事も摂らず、ずっと寝たふりをしていた。北京空港にトランジットで着陸した時は、『ようやく北京まで来たか』と、どれほどほっとしたことか。


亮平はイランから帰国後、約一週間で四ページの記事をまとめた。特にテープ起こしの作業は相当手間取り難儀した。

第一回目は昭和五十五年九月一日（月曜日）石油化学新聞1面で大きく報じた。

〝建設工事の全面再開に入ったＩＪＰＣプロジェクト（上）〟の見出しである。以下に前文を引く。


ＩＪＰＣ（イラン・ジャパン・ペトロケミカル・カンパニー・リミテッド）プロジェクトの建設工事が全面再開に向けて大きく動き出した。八月二十五日現在、バンダルホメイニ地区のサイト（工事用地）で作業に従事している邦人は約五百五十人だが、九月から年末にかけてＩＣＤＣ（イラン化学開発）およびコントラクターの日本側関係者が続々サイト入りし、来年二月～三月のピーク時には約二千五百人にふくらむ見通しである。エチレン三十万トン設備を中心に十三のプラントがすべて完成するのは一九八二年九月ごろと予想されるが、ＵＣＰ（ユーティリティ・センター・プラント）は今年十月にも完成し試運転に入る予定で、ＬＰＧ、オレフィン関係プラントも来年初めから年央完成に向けて工事が急がれる手はずになっている。

ＩＪＰＣプロジェクトは、昭和四十八（一九七三）年十一月の埋め立て工事開始以来七年、サイトの杭打ちが始まった一九七六年十一月から数えても四年近い年月を費やし、その間第一次オイルショック、イラン革命に遭遇するなど多くの曲折があり、工事の再開が危ぶまれた場面も一再ならずあった。

現実に在イラン米国大使館の人質事件は解決しておらず、米国の対イラン経済制裁措置に同調している日本の立場は極めて困難な状況にあり、ＩＪＰＣプロジェクトに限ってみても原料ガス問題など見通しは厳しい。しかし、ＩＪＰＣプロジェクトはナショナル・プロジェクトとして日本政府が深く関与し、イラン政府が早期完成を切望している以上、八五パーセント工事が進捗している現状のまま放棄できないことは自明である。

イラン産原油を確保するためにもＩＪＰＣプロジェクトの早期完成は不可欠とされ、いまやイランと西側諸国をつなぐ唯一の架け橋といった見方さえ出はじめているが、ともかくＩＪＰＣがスケジュールの調整、経済性の見直しなども含めて建設工事の全面再開に向けて動き出したことは、世界的にも大きな関心を集めている。

記者は、八月十七日から一週間イラン各地を訪問、とくにバンダルホメイニ地区では三日間マシャール・キャンプに滞在し、サイトをつぶさに見学することができた。サイトでは、コンプレックス建設の最高責任者であるＭ・カナニＩＪＰＣ取締役工場長にインタビュー（別項）したほか、伊藤哲次《いとうてつじ》同取締役建設総本部長ら日本側幹部三氏にＩＪＰＣプロジェクトの在り方などについて意見を聞いた。さらにイラン三井物産の矢内重晴社長、東洋エンジニアリング・テヘラン駐在事務所長ら多くの在テヘラン邦人関係者からもイランの経済状況に関しレクチャーしてもらった。（杉田亮平）

第二回は九月四日（木曜日）、2面と3面である。2面はＩＪＰＣ取締役建設総本部長伊藤哲次氏、同取締役山口達也氏、同工場計画部デピュティゼネラルマネージャー湯泉隆一氏との現地座談会。3面は在イラン特命全権大使へのインタビュー記事である。

前文の〝建設工事の全面再開に入ったＩＪＰＣプロジェクト（中）〟を引く。

バンダルホメイニ地区のサイトで塔槽類の建設工事が始まったのは一九七七（昭和五十二）年九月だが、イラン革命によって工事の中断を余儀なくされたのは一九七九（昭和五十四）年三月である。この一年半の間が工事のピークと考えられるが、一応工事ベースで八十五パーセントまで進捗し、サイトを見学した限りにおいても気候などの悪条件の中で、よくここまでやれたものだという思いを新たにした。最盛時には日本、イランはもちろん韓国、フィリピン、インドなどから合計一万人近い人々が建設に従事したというが、なんといっても勤勉な日本人がリーダーシップをとって、懸命に仕事に励んだからこそである。工事もここまで進んで中断に追い込まれたことはいかにも残念至極だが、このままの状態でいつまでも放置することは出来ないし、合弁事業のパートナーとして放置するわけにもいくまい。

全面再開の方針が出されたからには、なんとしてもコンプレックスを完成させなければならない、とも言えよう。もちろん原料ガスの問題など困難な課題も少なからず抱えており、IJPCプロジェクトの前途は険しいと言わざるを得ないが、この機会に現場で指揮をとる伊藤、山口、湯泉の三氏にお集まりいただき、IJPCプロジェクトの現況と今後の取り組みについて話し合ってもらった。また、在イラン日本大使館の和田力大使のイラン情勢とIJPCプロジェクトのあり方に関する話をまとめた。

和田大使へのインタビュー記事は、〝前進以外に道はない〟〝政府、本腰入れてバックアップ〟の四段見出しで、以下の通り報じた。

在イラン特命全権大使和田力氏に聞く
第二次革命は起きぬ

日本の多くの人がイランで第二次革命が起きるのではないかと予想し、革命直後から経済的にも破綻するのではないかとする見方があったが、私はホメイニ師が健在である限りそういうことにはならないと言い続けてきた。

現実に水道も電気も止まっていないし、パニックにもなっていない。革命といえばマルクス主義的なものを考えがちだが、イラン革命は社会主義革命ではなく、シャーを倒すことのみにその目的があったとみるべきだ。

モデレートな考え方をとるグループと極端な教条主義者との間に軋轢はあるとしても、王制を倒したエネルギーは失われていないし、ホメイニ師はカリスマとして君臨し続けるとみなければならない。ホメイニ師の指導力の低下を指摘する向きもあるが、正面切ってホメイニ師に対抗できる勢力はないし、ホメイニ体制は万全と考えてよいと思う。ホメイニ師自身は民衆の声を代表していると考えているようだが、カリスマ中のカリスマであり、独裁者と見なすべきであろう。政治面でリーダーシップはとらないと言いながら、しばしば拒否権を発動している点に思いを致せば、このことはお分かりいただけよう。

米国大使館の人質事件は教条主義者が起こしたことだが、失敗に終わった米国の救出作戦はこの問題をこじらせ、少なくとも結果的にスーパー教条主義者を支援したかたちになっている。この問題については誰もイニシアティブがとれず、いわば手詰まりの状態だ。

しかし、十一月四日は米国の大統領選挙の日であり、奇しくも大使館占拠後一周年目と一致するという暗合を考えると、米国がなんらかのアクションを起こす可能性もなしとしない。この一、二か月は極めて微妙できわどい状況にあると言ってよかろう。

西側のサンクション（経済制裁）は、イランにとって打撃になっているが、だからといってイランが屈伏するとは考えにくい。サンクションといっても、隙間だらけで、米国製品が第三国を経由していくらでもイランに入ってくるし、物資が極端に欠乏しているようなこともなさそうだ。インフレは進み、失業者も増えているが、経済原則が適用する国ではなく、内部崩壊の可能性も薄いのではないか。

貨物の通関を見ると最近の一か月で百十万トンとなっており、革命前の平常時の平均である百二十万トンを十万トン下まわっているに過ぎない。米国に同調してサンクションを正直におこなっているのは日本ぐらいで、米国品でさえアブダビなどを経由して輸入されていることからすれば、考えさせられる問題だ。

ところで、IJPCプロジェクトについてだが、はっきりしていることは、退路はないという点である。この前提が崩れることはないと思う。西側とイランをつなぐ架け橋といった見方もあるようだが、そこまでうぬぼれる必要はないとしても、イラン側がこのプロジェクトをイランにとって必要だと考えている以上は、パートナーである日本としては後戻り出来ないし、前進する以外にとるべき途はない。

やるべきかやらざるべきか、などという議論はナンセンスだ。それは結婚して八か月の身重の娘を前にし、出産させるべきかどうかを論じているようなもので、本来あり得べからざることといえる。

日本は度量を大きく

イラン側はホメイニ師以下一致して、このプロジェクトは完成させなければならないと言っている。せっかく八〇パーセント以上も工事が進捗しているものを〝ペトロポリス〟にしたくないというのがイラン側のコンセンサスである。合弁事業の一方のパートナーがあくまでやりたいと言っているものを放棄できるわけがない。

日本は実質的に米国の対イラン経済制裁に同調してイラン産石油をボイコットしているが、IJPCプロジェクトで協力しているからこそ日本に対するイランの風当たりも弱まっていると言えよう。

そうした意味ではＩＪＰＣプロジェクトが日本とイランをつなぐ架け橋になっていると言えないこともない。

日本が今後、永久にイランの石油をあてにしないということならいざ知らず、そうでなければなおさらＩＪＰＣプロジェクトを育てていく度量が求められるのではなかろうか。

このプロジェクトはイランにとってナショナル・プロジェクトであると同様に、もともと日本にとってもナショナル・プロジェクトであったと考えて然るべきである。だからこそ政府は輸銀の融資を通じて、あるいは輸出保険を通じて当初から深くかかわってきたわけだ。

このプロジェクトが日本政府によって認可された段階でそうした性格づけが行われたと見てさしつかえないが、これだけ大がかりなプロジェクトにはもともと税金のリスクがかかっているのだから、政府は本腰を入れてＩＪＰＣをバックアップしなければならないと考える。

海外経済協力基金の資金を導入したからナショナル・プロジェクトに昇格したと考えるのは間違いである。もっとも、それにしてはある一時期三井グループが民間プロジェクトだと言い過ぎたきらいはあるが、スタート当初から国が支援していたことを忘れてはならないし、産油国におけるプロジェクトを他のプロジェクトと同一に論じることはできない。

イランがバーレル当たり二ドル五〇セントの原油値上げを断行したとき、日本側は表向き純経済問題としてイラン原油をボイコットした。イラン側に値上げ権があるので、日本側の対応はいいがかりと取れないこともない。ただ、タイミングの悪さも含めてイラン側に過信があったことは確かであろう。

（以下略）

第三回目は九月八日（月曜日）３面に掲載された。
横大見出しは〝世界初、十三プラントの同時建設　雄姿いつの日に…〟〝黙々と働く日本人ぶらつくイラン人誇りのみ高く〟――。
前文〝建設工事の全面再開に入ったＩＪＰＣプロジェクト（下）〟を引く。

バンダルホメイニの日中の最高気温は四五～四六度、湿度は比較的低いとはいえすさまじい暑さである。エアコンのきいたサイト内のメーンオフィスから外へ出た直後の暑さといったらない。直射とコンクリートからの照り返しが肌を焦がす。熱風にあおられたときはムッと胸がつかえ、呼吸困難に陥ると思えるほどだ。それでも、今年は〝冷夏〟で、きみはついているほうだと慰められた。五〇度を超すこともざらにあるという。深夜、クーラーを止められるほどだから〝冷夏〟というわけだ。

革命前、コントラクターの作業員が夜明けとともに仕事を始め、昼間は休んだという話だが、この暑さでは真昼間は仕事になるまい。冬でも日中は三〇度を超すという。夜は零度以下に急降下するそうだ。こうした悪条件の中で、一時期一万人以上の人々が巨大コンプレックスの建設作業にいそしみ、重量ベースで進捗度八五パーセントのところまでこぎつけたのである。

記者は三日間にわたってサイトを見学したが、このまま放置して鉄屑、廃墟にする手はない、これまでに流した血と汗と、そして六千億円の巨費をムダにすることはできないのではないか、という思いを強くした。ここまでやって投げ出すのはいかに何でももったいない、という思いはサイトを見学した者なら誰でももつ共通の感懐であろう。
エチレン、ＬＰＧ、高圧法ポリエチレン、低圧法ポリエチレン、ポリプロピレン、ＳＢＲなど十三ものプラントが一挙に建設が進められているケースは世界的にもＩＪＰＣプロジェクト以外に例がないといわれている。多くの困難を乗り越えて、コンプレックスとして完結した雄姿を見せてくれるのはいつの日であろうか——。

ついでながら全五段の広告欄はＩＪＰＣプロジェクトに協力するプラント機器メーカーの一覧で二十四社の社名が記されている。
株式会社赤萩フランヂ製作所　株式会社石井鐵工所　近畿電気工事株式会社　甲陽建設工業株式会社　国際計装株式会社　コスモ・インターナショナル株式会社　株式会社三興　株式会社三興製作所　昭和電機工業株式会社　株式会社高田工業所　株式会社竹中製作所　中央ビルト工業株式会社　東海電気工事株式会社　東洋エンジニアリング株式会社　ニチアス日本アスベスト株式会社　株式会社日本製鋼所　日本プライブリコ株式会社　株式会社福井製作所　不動建設株式会社　三井造船株式会社　三井造船エンジニアリング株式会社　三井東圧機工株式会社　明星工業株式会社　株式会社横河電機製作所
また、４面には東洋曹達工業株式会社が全五段の広告を載せてくれた。
杉田亮平が成富の猛反対を押し切って、イラン取材を強行したのは、ホメイニ革命途上のイランをこの目で見ておきたいとの好奇心を抑えられなかったからである。

〝ＩＪＰＣプロジェクト〟を取材した時、三井東圧化学からＩＪＰＣ取締役建設総本部長として出向していた伊藤哲次氏からのただならぬ協力に感銘・感動した。自身の活動は抑えて、部下や周囲がいかに頑張り、もてるパワーを発揮してくれたかを語ってくれたのだ。

伊藤のリーダーシップの凄さは亮平の胸をゆさぶった。こんな上司に恵まれれば、さぞや能力を引き出してくれたことだろう。

バンダルシャプールなる過酷な現地で、技術者やゼネコンの人々の仕事ぶりがいかに困難であったかは察して余りあるが、伊藤は見事に束ね、総合力の結集に心を砕いた。

自然体で飾らない伊藤の協力なくしてＩＪＰＣプロジェクトの小説化はあり得なかったと思わずにはいられない。

伊藤が一時帰国した際には、幾度も取材に応じてくれた。

「私は部下に恵まれ、なけなしの能力を引き出されたのです」と、伊藤が口にしたのは一度や二度ではなかった。

昭和五十六（一九八一）年四月、「バンダルの塔」は単行本として書き下ろし出版された。出発前には小説化など思いもよらなかったことである。

成富が四月二十七日付石油化学新聞のコラム〝抽出記〟でエールを送ってくれたことは亮平にとって望外の幸せであった。我田引水が過ぎるが、以下に〝抽出記〟を引く。

わが社の編集局のＳ君が小説を書くことは知る人ぞ知るで、最近では業界でよりも出版界や一般の読者の方がペンネーム・高杉良の名をよく知っている。彼が書く小説は経済小説とか企業小説というジャンルのもので読者層はいわゆるサラリーマン、それもホワイト・カラーだと思う。このごろとみに人気が上昇してこの種の小説を書く作家として五指の中に入る存在だ、とその道の出版社の人から聞いた▼最近作は講談社からでた「バンダルの塔」である。サブ・タイトルに小説・イラン石油化学プロジェクトとある。先週末著者のもとに見本刷として一冊届いたのを筆者にくれるというが、第一冊目をいただくのは自分ではあるまい、月曜にはたくさん届くのだろうからそれをいただこう、と遠慮した。近ごろ本を読むのが遅くなった筆者は改めて贈呈をうけたこの小説を二晩がかりで読み終えたところである▼小説はタイトルにもあるようにイラン・ジャパン石油化学の計画と建設に情熱を傾け、そして挫折した日本の経営者や技術者の物語であるが、ある程度石油史も踏まえイスラム革命がどんなものであったかも分かるように資料性にも富んでいる。これを地の文で書いたらさぞ読みにくいものになっただろうが、息づまるような会話体で運び読者の興味をどんどん先へつないでくれる▼小説はアヤトラ・ホメイニに指導されたイスラム革命の進行によってＩＪＰＣの日本人社員が建設現場から漸次撤退し、最後まで残っていた主人公ら二十三人がサイトを後にした日、昭和五十四年三月二十八日で終わる。小説はここで終わるが歴史はさらに深刻である。ようやく再開された建設も日ならずしてイラン・イラク戦争の戦禍に見舞われたことはわれわれの知るところである▼なんと不運なプロジェクトか。呪われたプロジェクトとすらいいたくなる。このような大きなプロジェクトは一度動き出すとなかなか旋回が難しい。かてて加えて後進国への技術移転の難しさ。小説では主人公をはじめ多くの男たちがそれらの困難さをいやというほどかみしめている。作者がいいたかったこともこの辺にあるのではなかろうか▼小説の題名「バンダルの塔」

は旧約のバベルの塔の物語を踏まえての命名であろう。作者は小説の冒頭で主人公に「バベルとはヘブライ語で混乱の意味だが、こんな砂漠の中に巨大な石油化学プラントを建設して混乱を引き起こさねばいいが……」と語らせている。バベルの塔にしてはならぬという主人公の願いは裏切られてバンダルホメイニの混乱はいまなお続いている▼読み応えのある小説であった。読後感を一首「おとこらのロマン潰《つい》えてバンダルにひたすらつのる砂あらしかも」

4

「昭和電工の岸本社長が杉さんに会いたいと言ってましたよ。なんだか込み入った話のようです。きょう夕方電話をかけてくると思います」

杉田亮平が石油化学新聞の音無保《おとなしたもつ》記者から伝えられたのは昭和五十七（一九八二）年五月上旬である。

「なんだろう？　僕の方から電話するよ」

時計を見ると午後五時過ぎだ。亮平は頃合いと思ってダイヤルを回した。

女性秘書はすぐに取りついでくれた。

「もしもし、岸本ですが」

「杉田です。音無からいま話を聞いたところです。一体何の話ですか」

「あしたの午後一時から三十分程お会いできませんか」

「いいですよ。会社へ出向きます」

「良い話があるんです。お待ちしています」

「それではあした。楽しみにしています」

亮平は電話を切って、音無と向かい合った。

「なんだか分からないが、良い話だってさ」

「私に話した時、なんだか深刻な顔をしていましたが……」

「良い話で深刻とは、変だねぇ」

亮平はもう校正の仕事の続きをしていた。

音無は同僚だ。小学校からの親友である中村晃也の縁で亮平がスカウトし、成富に推して昭和四十年に入社した。音無は亮平と同じ昭和十四年生れだが、亮平は早生まれなので、一学年下だ。

音無は人柄が良く、面倒みも良かった。空手の有段者で、両手の指をポキポキ鳴らすのが癖になっていた。身長は小柄な方だ。


亮平が岸本に面会した時はすでに眼を潤ませていた。岸本の涙腺の緩さは先刻承知だが、〝良い話〟でそれはないだろうと亮平は思った。

「用件はなんですか」

「我が社に凄い社員がいたのです。垣下怜《かきしたさとし》という名前ですが、実に立派な出来る社員でした」

「技術屋さんですか」

「そう。垣下のことを社内報に書いてくれませんか。お礼はさせてもらいます」

亮平は二時間程話を聞いて、胸を熱くしていた。

「申し訳ありませんが、昭電の社内報じゃ勿体無いでしょう。取材はいくらでもします。岸本さんの話だけで書く気はありません」

「杉田さんには新大協和のことなどでいろいろお世話になっているので……」

「何を言ってるんですか。倍返しだか十倍返しみたいなことをされたじゃないですか」

「社内報が適切と思ったのですけど……」

「冗談じゃない。岸本さんが社内報に固執するのならお断りします。聞かなかったことにします。経済誌に話せば乗ってくるに決まってるでしょう」

　岸本はハンカチで涙を拭きながら言った。

「私の一存で、誰にも相談してないんです」

「その方が良いですよ。僕が勝手に書いたで済む話でしょう」

「杉田さん、ちょっと待ってください。出来るのを誰か一人張り付けます。鈴木の耳にも入れておきたいと思います」

「鈴木さんは嫌いですけど、分かります。僕は取材しながらストーリーを考えるので、楽しみですねぇ。タイトルは今週中に決めます。あっ！　どうでしょうか。〝生命《いのち》燃ゆ〟でいきましょう」

　亮平はせっかちにも程があるとわきまえていたが、岸本が腕組みして、下を向いた。

　上げた顔が涙にむせんでいた。

「僕も泣き虫ですけど、岸本さんには負けます。号泣に近いじゃないですか」

「失礼しました。確かに多くの人々に垣下のことを知ってもらうのは喜ばなければいけませんね」

「その通りです。僕がいまドキドキ、ワクワクしているのは、多くの人々を元気づける、勇気づけられると思っているからこそなんです」

「きょうこんな話になるとは夢にも思いませんでした」

「僕もそうです。夢を見ている境地、心境です。垣下さんっていう方の奥さまは健在なんですか」

「もちろんです。まだ大分の社宅にいます」

「それは良いなぁ。すぐ駆けつけます。ついでに昭電大分工場も取材してきますから、関係者への連絡はお願いします」

岸本が笑顔を取り戻した。亮平の性急さに舌を巻いたのかもしれない。


二日後、亮平は岸本に電話をかけた。

「今夜あいてませんか」

「あけます」

「それはちょっと」

「社内の飲み会ですから。鈴木に話したら『嬉しいなぁ』って言ってましたよ」

「岸本さんのせっかちには、さすがの僕もかないません」

「まさかぁ」

岸本の笑い声を聞いて、亮平もお返しした。

「ついでに言いますか……それは食事をしながらにします」

「ゾクゾクしてきました。嬉しくてですよ」

「そりゃあそうでしょう」

「鈴木が是非とも杉田さんにお会いしたいと言ってました」

「それはもっともっと先のことでしょう。〝財界教養人〟は苦手なんです。でも一度はお目にかからないとねぇ」

「ありがとうございます。くれぐれもよろしくお願いします」

「じゃあ、〝宮城〟で」

亮平は電話を切った。

成冨が在席していたので、亮平は自席から移動した。

「どうした？　何かあったのか」

亮平は話が長くなると思い、物を食べるゼスチャーをした。

成冨は手を横に振った。

「今夜はダメだ。ここで聞かせてくれ」

「話が長くなりますよ」

「二十分で頼む」

「良いでしょう……」

成冨は話を聞いて、のけぞった。

「素晴らしい話じゃないか。出張扱いで交通費、宿泊費は会社で出してやるよ」

「まさかぁ。いくらなんでも……。そうでもないか。石化新聞にも書きましょうか」

「明と栂野には私から話しておく」

「お願いします」

亮平はまたしてもワクワク感、ドキドキ感を募らせていた。

取材は順調に進んだ。わけても垣下夫人奈保子《なほこ》さんの協力ぶりに、亮平は頭が下がった。

取材中、涙をこぼしたのは亮平の方が多かったかもしれない。美しい人で理路整然とした話し方に頭の良さを感じた。

長女には拒否されたが、当然だろう。悲しみにくれていたのだ。次女は一人で、時おり笑顔を浮かべて、自慢の父を語った。

岸本とは何度も会った。その度に涙ぐむ岸本に亮平は心をゆさぶられ、胸を熱くしなければならなかった。

『生命燃ゆ』が月刊経済誌〝プレジデント〟に連載されたのは昭和五十七年八月号からだ。

昭和電工が全面的に協力してくれたので、中国の大慶まで行くことができた。大慶は油田の産地なので、招聘状が無ければ行けない所だ。それを昭和電工と丸紅で手配してくれ、ＶＩＰ待遇での取材だった。

中国側は関係者を集めて宴席を設けてくれた。〝高杉大先生熱烈大歓迎〟の横断幕には、気恥ずかしくもあったが、自負、誇りめいたものの方が強かった。

昭和電工は鈴木一実《かずみ》取締役を同行させた。こまごまと気遣いする人で、亮平は感謝感激した。

中国の料理は旨い、美味しいと思えるものではなかった。ただ、移動中の列車の食堂車の食事に舌つづみを打ったから不思議でならない。

岸本泰延の一文を引く。出所は〝高杉良経済小説全集第一巻月報十二〟(平成九(一九九七)年二月発売)である。

『生命燃ゆ』によせる思い出

岸本泰延

私は高杉さんに大変お世話になった者の一人である。私の限られた目に映った高杉さんをご紹介したいと思う。

私は高杉さんが小説を書かれる以前から存じ上げている。昭和四十二年八月、私は本社勤務となり、大分石油化学コンビナートの建設に当たった。計画に関連した各種の承認を得るため、通産省を度々訪問した。それまで工場勤務だったので、通産省内の事情にはまったく暗く、戸惑うこともあったが、何時行ってもそこにいらして常ににこにこと挨拶される方があった。感じのよい人だなと感心したが、実はその方は通産省の人ではなく、石油化学新聞の通産省担当の記者であることがわかった。その人が今日の高杉さんだったのである。私が通産省の人と勘違いするほど、高杉さんは何時行ってもいらっしゃった。それほど仕事熱心だったのである。そして、この業界の新人である私に対して、親切にいろいろな情報を与え、教育してくださった。お陰で私は業界に対する理解が促進され、大助かりであった。高杉さんはそんな方である。

その高杉さんが昭和五十一年に小説を発表した。予想しなかっただけに、あの高杉さんが、と驚いた。その後も所謂二足のわらじで、記者稼業をしつつ創作活動も続けられていた。

私は高杉さんの頑張りに敬服して、お世話になった御礼に、何かお手伝いでもできればと思った。偶々その頃、私は社内報にルポ物を載せようと考えていた。当社には新規計画が各種あり、成功したものもあれば、失敗に終わったものもあったが、それらを社員の参考にさせたいと思い、テーマ毎に一〜二回位でまとめて社内報に掲載しては、と考えていた。この話を高杉さんにし、テーマの一つとして、大分計画に参加して最近亡くなった社員、垣下怜氏の生きざまについて話をし、執筆をお願いした。高杉さんは熱心に耳を傾けてくださった。

高杉さんから回答が来た。執筆はＯＫ。但し社内報ではなく、一般誌に載せたいとのことであった。私の希望とは違うので少々がっかりしたが、考え直してみれば、私の話は思い掛けない大発展をしたわけである。こんな事情から『生命燃ゆ』は生まれた。まさに「瓢簞から駒」であった。

いざ書かれる段になってから驚いたのは、高杉さんの取材が予想以上に徹底していたことである。高杉さんのそれまでの作品が何れも綿密な取材の上で書かれていることは承知していたが、この『生命燃ゆ』の執筆に当たって行われた取材の物凄さには驚いた。工場の関係者、家族をはじめ、主人公の主治医にいたる迄、そして舞台も本社、工場は勿論、遠く中国の大慶にまで足を運ばれた。執念とも言える熱心さであった。その結果、作品に出てくる事実の中には私の知らないことも多く、社内では、『生命燃ゆ』関係の事実について一番よく知っているのは高杉さんだという認識が定着するようになった。

作品にある如く、当社は中国の大慶コンビナートへ技術供与したので、大慶とは技術者の往復も頻繁で、作品には中国人も何人か実名で登場している。そこで日中親善の一助にもなるであろうと、『生命燃ゆ』の主要部分を中国語に翻訳した。またこの作品には、日本企業は単に事業活動を行うだけではなく、地域社会との融和をはかり、市会議員選挙にまで関わりを持つ実態が述べられているので、欧米企業の方々に日本企業独特のビヘイビアーを認識していただくために、『生命燃ゆ』を英語にも抄訳した。日本の文芸作品で中国語訳、英訳の双方がある例は少ないと思うが、『生命燃ゆ』はその数少ない作品の一つである。さらに、高杉さんのお話では『生命燃ゆ』の中国語の完訳計画もある由である。

ある日、私の尊敬する先輩、サッポロビールの河合滉二会長（当時）から電話がかかってきた。「君が先日届けてくれた『生命燃ゆ』を昨夕読み出した。中程まで読んだら涙が出て止まらず、とうとう徹夜してしまった。すごい男がいたんだなあ」と、あの冷静な経営者がわざわざ電話をかけてくるのだから、その感激のほどが偲ばれる。

高杉さんの徹底した取材はつとに定評がある。例えば、大長編『小説日本興業銀行』も登場人物はすべて実名で書かれた。驚くべき取材能力である。仮名ならば多少のミスも許されるだろうが、実名では許されない。特にプラス的なミスならともかく、マイナス的なミスは絶対許されない。氏の取材力については中山素平氏も絶賛されている。

実は、私はその抜群の取材力を逆に利用させていただいている。それは、私のなじみの薄い業界については、高杉さんの作品を読むほうが、当該業界の人に聞くよりもよくわかるからである。これは『生命燃ゆ』の実例に見る如く、作者が関係登場人物よりも詳しく事実を知っていることからも当然である。

高杉作品は私のテキストとして貴重な情報源になっていることを、素直に告白する。

（昭和電工相談役）

第六章　その時々

1

夕刊フジ最盛期の昭和五十六（一九八一）年春、杉田亮平は同紙学芸部長の金田《かねだ》浩一呂《こういちろ》を知り得た。〝金やん〟の愛称で知られ、飄々とした感じの好人物だったが、決断力に乏しく、煮え切らない面が、せっかちな亮平とは肌合いがまるで逆だった。しかし、亮平はそんな〝金やん〟が大好きだった。

金田は文章家としても聞こえていた。亮平の作品を集英社で文庫化してはどうかと、同社の美《み》濃部修《のべおさむ》編集長に提案したのは金田である。

美濃部は「高杉良の作品なら不見転《みずてん》ですべて頂く」と二つ返事で快諾してくれ、解説は金田が書くことが条件となった。

『あざやかな退任』、『人事異動』、『社長解任』が次々と出版され、亮平が驚くほど集英社文庫は好調だった。

昭和五十八（一九八三）年早春、美濃部は「高杉作品を夕刊フジで連載してはどうか」と金田に提案した。早速亮平は『広報室沈黙す』を五十枚ほど書いて金田に手渡したものの、梨のつぶてでしばらく返事がない。すると、同紙報道部長の島谷《しまや》泰彦《やすひこ》が読んでくれた。

島谷は「金やん、なにを愚図愚図してるの。早く掲載したらよろしい」と口添えしてくれ、あっという間に連載が決まった。連載開始は同年五月二十四日である。

亮平は初の新聞連載が決まったことで、成冨健一郎に、これを機に退社したいと願い出た。

「杉田には治《おさむ》までの繋ぎ、つまり次期社長を頼みたかったんだ」

治は成冨の長男で二十八歳。石油化学新聞社に入社して六年、業務部に在籍していた。

「それは無理です」

「そうだな。新聞連載までできる作家になったということだな」

「夕刊紙ですが、サラリーマンが読む新聞ですから、部数は相当だと思います」

「せめて週二回ぐらいは出勤してもらいたいなぁ。なんとかお願いする」

成冨の想いにこたえて、亮平は月曜日と水曜日の二日間（午前九時半から午後五時半）は出勤することを約束した。

『広報室沈黙す』の取材では、安田生命保険相互会社広報室の三隅《みすみ》説夫《せつお》と安田火災海上保険広報部員の竹野《たけの》巌《いわお》にめぐり合えたことが突破口になった。特に竹野は会社と亮平の板挟みになって大変苦労したが、小説の主人公のモデルのような人である。連載は翌年三月十一日まで続いた。

『広報室沈黙す』は平成元（一九八九）年二月、テレビ朝日で『暴かれたスキャンダル』のタイトルで、日曜日に四回連続のテレビドラマとして放映された。主演は風間《かざま》杜夫《もりお》と高木《たかぎ》美保《みほ》だった。

〝広報〟の位置づけも知名度も低い時代に先取りして執筆したお陰で、現在でも「広報マンのバイブルです」と褒められて、亮平は気を良くしている。

取材に協力した三隅説夫は広報のスペシャリストとして、「NPO法人広報駆け込み寺」代表となり現在も活躍している。

この年は他に『生命燃ゆ』、『大脱走』、『労働貴族』の連載もあったが、十一月からは東京タイムズで『侵食（単行本で『欲望産業』に改題）』の連載も始まった。

2

同年七月、亮平は日産自動車の労働組合の会長で自動車総連のトップでもあった塩路《しおじ》一郎《いちろう》に取材した。「現代」で連載予定の『労働貴族』のためだ。時の自民党総裁で総理の中曽根《なかそね》康弘《やすひろ》と近く、塩路は日米賢人会議のメンバーだった。英語が話せないのは塩路一人だけと複数のメンバーから耳打ちされた覚えがある。

亮平は、塩路から国鉄浜松町駅に近い労連会長室に三度も呼びつけられた。時間は必ず午前十一時に決まっていたが、塩路は常に一時間遅刻してきた。

「中曽根さんから呼び出されましてね」

遅刻の言い訳の決まり文句だが、新聞の官邸日誌を見れば嘘だとすぐ分かる。仕出しの重箱弁当は旨かったが、塩路の話が矛盾だらけだと気付いた。むろん亮平はその場で指摘したが、塩路はのらりくらり話を逸らすだけで、その後は亮平の方から塩路との面会を断った。

当時塩路は日産自動車の役員人事に口出しするほどパワーがあったが、石原俊《いしはらたかし》が社長になってから、労使関係に変化が生じ、塩路の言いなりは通用しなくなった。

その頃、次の経済同友会代表幹事は昭和電工の鈴木治雄ではなく、石原であることが亮平の知るところとなった。

石原から亮平に会いたいと、自宅に電話がかかってきたのだ。架電は広報部長の草野《くさの》からだった。亮平は石原に面会し言った。

「経済同友会の代表幹事に就任すると聞いていますが、日産自動車は労使関係がぎくしゃくしていて、それどころではないでしょう。経営に専念すべきだと思います」

だが、石原は世間話をするだけで、肝心の話はノーコメントで押し通された。

その後の経緯を以下『男の貌《かお》』〝財界鞍馬天狗の素顔〟による。


するとと、その大批難をした日の夕方のことです。

「今月の×日△時〇分に、日本興業銀行の中山素平相談役にお会い下さい」

と、日産の草野広報部長から自宅へ電話があったのです。

作家になる以前、化学業界の専門紙記者でもあった私は、それまでの記者経験で、興銀の人たちから彼らが心服する中山さんの人物像を耳にしていましたから、中山さんに会うことにはたいへん興味があります。そこで、好奇心を優先させて、面会の要請を承知し、指定の日時に丸の内の興銀ビルへと向ったのです。

執務室から応接室へ登場した中山さんは、もともと背が高い上に、とても姿勢が良いので非常に大きく見えました。しかし、それでいながら尊大な風はまったくなく、オーラだとか風圧

などは感じません。「財界鞍馬天狗」だ、「興銀中興の祖」だと、先に凄い人だというイメージを植え付けられていたので、逆に、

「なんだ。言われているほどじゃないじゃないか」

と、たいへん失礼なことを思ってしまったくらいです。しかし当時まだ四十代だった私のような若造にも、中山さんはじつに丁寧に名刺を出して挨拶をしてくれます。

なるほど、初対面でもその包容力は伝わってきました。

名刺交換を終えると、いきなり投げかけられたのが、

「高杉さん。だって石原君しかいないじゃないですか」

という、じつにざっくばらんなセリフだったのです。なかば呆気にとられながら、「ああ、やはりその件だったのか」と思ったのを覚えています。

要するに、石原さんを同友会の代表幹事に推していた大本こそ、中山さんだったということです。

「じつは、興銀と富士銀行で、無理に石原君に頼んでいるんです」

人事の事情も隠さず、私に圧力を加えようというのでもなく、じつに誠実な対応でした。

石原は遠慮せずにずけずけもの言う亮平に好意を寄せてくれ、会食をしたり、マージャンをする仲にまでなった。

亮平はマージャン好きの岸本泰延（昭和電工社長）、山口敏明（東洋曹達工業社長）をメンバーに誘って、毎月一回赤坂の料亭〝氷川〟でマージャン会を催すことを提案し、喜ばれた。幹事

は四人の当番制で、むろん亮平も四か月に一度幹事役を任された。

石原のマージャンはスピード感がなくて遅いのが欠点だった。

亮平は容赦しなかった。

「囲碁や将棋じゃあるまいし、もう少し早くしてください」

「また叱られちゃった」

石原のペースは何度せかしても変わらなかった。


昭和六十（一九八五）年春、夕刊フジから「日本興業銀行を小説にできませんか」との提案が舞い込んだ。『広報室沈黙す』が好評だったので、次に何かやりましょうと、夕刊フジの人たちと相談していた時に、先方からのアイデアだった。

夕刊フジの提案は、興銀を書けば、同時に日本の産業裏面史が描けるはずだという目論見によるものだ。

興銀は化学業界にプロジェクト融資をしていたので、亮平は副頭取クラスの方へ取材に行っていた。また、化学メーカーには興銀出身の役員が大勢いたので、伝手《つて》はいくらでもあり取材先としての土地勘はあった。

『小説・日本興業銀行』の連載を決めた時点で、亮平は作家稼業に専念せざるを得ないと考えた。

「成富さん。申し訳ありませんが、週二回の出勤も難しくなります。辞めさせてください」

「きみの顔が見られなくなるのは寂しくなるなぁ。しかし、作家として一本立ちする君の足を引っ張ることは出来ない。残念至極だが諦めるよ。ただ、飲み食いでいいからたまには顔を出してくれよ」

「一席設けることぐらい僕の方でしますよ」

「杉田がこんなに早く一本立ちするとはなぁ」

「……………」

「質量共にナンバーワンの経済小説家になってくれよ」

「いやぁ。城山三郎《しろやまさぶろう》さん、清水一行《しみずいっこう》さんにはかないませんよ」

「それは読者が決めることだよ」

「とにかく退職を認めてくださってありがとうございます」

「朝会で挨拶ぐらいしたらいいな」

「是非そうさせてください」

　翌日の朝会で亮平は次のように挨拶した。

「石油化学新聞の記者として青春時代を過ごせたことはまことに幸せなことでした。また、成富さんを始め諸先輩から多くのことを学ぶことができ、厚くお礼申し上げます。言いたい放題で失礼の数々があったことは承知していますが、このことについて頭を下げ出したらきりがないので、何にも言いません。皆さんに感謝しながら石油化学新聞を去って行きます。ありがとうございました」

　拍手を聞きながら亮平は涙ぐんでいた。

『小説・日本興業銀行』の連載は、その年九月にスタートした。

亮平が連載を決めてから、取材の半分は中山を対象にせざるを得なかった。興銀側の窓口になったのは、広報室長の赤池教男《あかいけのりお》であった。赤池は亮平と同年代で、見張り役のようでもあった。中山素平特別顧問を始め、中村金夫頭取、存命している関係者には、ほとんどの方々に会った。延べ何百人という数字である。

現役、OBを問わず皆さんは実に協力的で、楽しそうに、積極的に話をしてくれた。それというのも、自分たちがどれだけ頑張って日本経済を支えたかということに、誇りと自信を持っていたので、失敗談も含めて、自分の仕事のことを話すのが楽しかったのだろう。

取材、執筆がスムースに進む作品であったが、その中で唯一にして最大の障壁になったのが、「昭電疑獄」だった。

昭電疑獄は、昭和二十三（一九四八）年に、昭和電工の日野原節三《ひのはらせつぞう》社長が、復興金融公庫から融資を引き出すために、政界や金融界に広く金品を配ったという贈収賄事件で、戦後の一大疑獄事件である。

興銀は収賄側として関連が追及され、元総裁の経済安定本部総務長官栗栖赳夫《くるすたけお》らが逮捕された。

赤池広報室長からは「これだけは勘弁してください」と言われた。

さらに、昭和電工からは「いまさらなんで……」と非常に嫌がられたのだ。

中山とこんなやりとりをした。

「〝昭電疑獄〟を書くことにしました」

「ええっ。あれを書かれるとつらいなぁ……」

「教科書にも載っているような歴史的大事件を素通りするようでは、〝興銀を通して日本の戦後産業史を描く〟などという作品にはなりません」

「……………」

「昭和電工の社長室に当時の社長の写真はありません。つまりあの事件はタブーということなんでしょうね。しかし、タブーに挑戦しなければ僕の名折れです。『興銀からいくら貰ってるの？』などと揶揄される身にもなってください」

「うーん」

中山は困った様子だった。

「興銀の二宮善基さんと三ツ本常彦《みつもとつねひこ》さんが、ＧＨＱの内部抗争に巻き込まれて刑事罰を受け、勾留された事実もあります。三ツ本さんからは是非書いてもらいたいと言われました」

「えっ！　三ツ本《おみつ》が……」

中山は絶句して、煙草を灰皿にこすりつけた。

栗栖総務長官の首席秘書官だった三ツ本は事件後、興銀の常務になり、当時は新日本証券の代表取締役会長だった。

「実はもう取材は終わっています。会社訪問、自宅訪問を含めて、七、八回は話を聞いています。セピア色に変色したノートまで見せてくれました。コピーを取るのは断られ、会長室でドキドキしながら読ませてもらいました。こんなに興奮、高揚したことはありません」

三ツ本は、栗栖長官の日常の動向からＧＨＱの内部抗争まで、克明に記録していたのだ。亮平は歴史の事実に心を躍らせながら五時間ほどノートと向き合った。

「三ツ本《おみつ》がそこまでねぇ。あなたの取材力には脱帽するしかないなぁ」

「三ツ本さんから、中山さんの耳には入れておいてくださいと言われたんです」

「反対論を押し切って、三ツ本を常務にしたのは正宗《まさむね》と僕だから、気を遣ってくれたんだねぇ」

中山の口調がしんみりしていた。

「中山さんからも評価されるような〝昭電疑獄〟を書きますよ。その時は僕の手柄を褒めてください」

「分かった」

「ただ夕刊フジの連載には間に合わない可能性が高いので、単行本は全四巻ですが、文庫版で一冊分を加筆することになると思います」

事実そうなった。

『小説・日本興業銀行』の連載は昭和六十三（一九八八）年二月まで続いた。五巻目の文庫版（講談社）が上梓されたのは平成三（一九九一）年二月のことだ。

「大阪支店のことなど、僕が知らないことがいっぱい書いてあって、背筋がぞくぞくする場面もあった。興銀マンに限らず、皆んな拍手喝采してると聞いてるよ。戦後経済発展史としての資料的価値も高いことだしねぇ」

中山の読後感は最大級の賛辞で、亮平はどれ程気を良くしたことか。

3

亮平はもちろん正義漢などである筈がないが、理不尽、見苦しいと思うやいなや立ち向かって行く向こう見ずな面があることは否定できなかった。

月刊誌〝経済界〟を発行していた佐藤正忠《さとうせいちゅう》なる人物を疑問視していたのである。

〝週刊朝日〟が経済小説、企業小説に注目し、書き手として清水一行と高杉良（杉田亮平）の両人を考えていると編集部の意向が亮平に伝わってきたのは、平成元（一九八九）年十一月のことである。

当時の週刊朝日編集長の川村二郎《かわむらじろう》は清水一行を推し、次長の飯田隆《いいだたかし》は高杉良を推薦してくれたが、清水一行の行動力は間然するところがなく、軽井沢の別荘から自家用車を飛ばして築地の朝日新聞社に駆け付けた。このことは亮平が清水から直接聞いたのだ。

「やるもんですねぇ」

「そりゃあ週刊朝日ともなれば、一流中の一流だものなぁ。君に先を越されるわけにはいかんよ」

「ごもっともです。ものには順序がありますよ」

亮平は真実そう思った。

ところが清水一行の『花の嵐 小説・小佐野賢治』はさほど好評ではなかった。

一年ほど経って、飯田隆から「チャンス到来です。準備を進めてください」と、有難くも心温まる言葉を賜り、亮平は嬉しくて嬉しくて、冷静になるまで時間を要した。

当時、一流財界人はおろか総理クラスの政治家までが、一経済誌の主宰者である佐藤正忠に逆らえずにいるという実態を知るにつけ、そうした現実に危機感を持っていた。

〝経済界〟は、佐藤正忠が広告の出稿いかんによって当該企業を叩いたり褒めたりする典型的な

〝ゴロ雑誌〟だった。筆誅を加えて然るべしと、亮平ならずとも考えて当然だが、怖れおののくはオーバーだとしても、萎縮している企業、企業トップの方が遥かに多かった。

問題は内部情報が入手できるかどうかだったが、耳よりな話が第一勧業銀行や三和銀行の広報部から得られた。

同誌の内木場《うちこば》重人《しげと》という若い記者が佐藤と喧嘩して〝経済界〟を辞めたというニュースである。

亮平は直ちに内木場と連絡を取った。

銀座の割烹料理店〝いろり〟で話を聞いたところ興味深くて、たて続けに三、四回内木場と会食した。

「あの佐藤正忠を地位保全仮処分で訴えたのは本当ですか」

「はい。事実です」

内木場は額が広く小づくりで童顔だ。人は見かけによらぬものと言われるが、こんな男が佐藤正忠を相手に闘っているとは信じられないと亮平は思った。

佐藤は実は気の小さい男で、〝お山〟と称する女教祖が開いた神道系新興宗教にのめり込んでいた。場所は富士山の麓で、月一回大型バスで全役員、全社員を強制的に連れ出していた。

内木場はクリスチャンだったので、〝お山〟行きを拒否し続けた。

「当然、報復があったでしょう」

「編集から営業に回すと言われたので、編集記者として採用されたので、分かりましたで済む話ではありません。地位保全仮処分で対抗したところ、六百万円の退職金で和解したいというので受諾しました」

「それは見事で、面白い話だねぇ。週刊朝日での連載を考えているんですが、協力してくれませんか」

「僕は嬉しいですが、先生は大変でしょう。佐藤正忠は僕の分も含めて向かってくると思います」

「なお面白い。興味津々、ヤル気満々だね。佐藤正忠と裁判沙汰になったら、財界人で喜ぶ人が多いかもなぁ」

「大丈夫ですか」

「佐藤正忠って言えば日本触媒化学工業の八谷泰造《やたがいたいぞう》社長が〝正忠君正忠君〟って親しくしていたんですよ」

「佐藤正忠は人たらし、老人キラー的な面を持っていますから。神戸の八谷家で升田幸三《ますだこうぞう》元名人が居候してましたよね。今は〝経済界〟の顧問です。名前だけですけど」

「升田さんには一度だけ取材しました。異相っていうか、怖い顔ですよ」

内木場は微に入り細をうがって、佐藤正忠を語ってくれた。

『濁流』と題して、平成三（一九九一）年七月週刊朝日での連載が始まった。

冒頭のシーンは、佐藤正忠が開いたパーティへ、現役の首相であった海部俊樹《かいふとしき》元総理が、お祝いのスピーチに来るところだ。これは現実そのままあったことである。

〝第一章総理来たる〟から一部を引く。

突然、〝ロッキー〟の軽快なメロディーが帝京ホテル「芙蓉の間」のパーティー会場内に流れた。入り口付近がざわざわし、十数人のSPとガードマンが人垣をかきわけてステージまでの通路をつくった。会場内に一団がなだれ込んで来たのは、平成三年（一九九一年）一月十一日金曜日午後四時三十五分十七秒過ぎのことだ。

ピンスポットが中央の男のひたいをとらえる。ステージに集中していたスポットライトも、レーザー光線のように鋭いピンスポットの輝度にはかなわない。

会場の大ホールは、すでに五百人ほどの招待客を呑み込んでいたが、一瞬の静けさのあと、どよめきが起こった。

タキシード姿の司会者が両手でマイクを握りしめて、うわずった声を発したのだ。

「ただいま海野吾一内閣総理大臣がご来臨くださいました。皆さまどうぞ盛大な拍手でお迎えください！」

一団から脱け出した海野首相が、喝采の中を、両手を挙げて登壇した。ピンスポットがネクタイの水玉模様を照らし出す。

ステージの右袖に金屏風を背に居並んでいた受賞者たちも一斉に起立し、拍手で総理を迎えた。

産業経済社が主催する第十七回〝産業経済大賞〟の受賞者は、日本経営者団体連盟会長の田中健二である。

小説とはいえ、佐藤氏側から訴えられる可能性が非常に高かったので、本当に週刊朝日編集部が頑張れるか、亮平は危惧せざるを得なかった。

案の定、連載開始直後から、毎号ごとに佐藤氏側から「内容証明郵便」が朝日新聞社の社長と編集長と亮平に送りつけられた。ありていに言って名誉棄損だというわけだ。

すると、やはり朝日新聞の上層部の腰が引けてきた。亮平は朝日新聞本社に呼ばれ、法務部関係者や弁護士を交えた対策会議が三回開かれた。だが、週刊朝日の編集長をはじめ編集部が頑張って、長期連載を最後まで続けることができた。

佐藤正忠との争いで落しどころはたいしたことはなかった。主人公の名前「加藤忠治」、あだ名の「カトチュウ」を「杉野良治」、「スギリョウ」と変えただけだ。連載途中で主人公の名前が変わったことが話題にもなった。

『濁流』連載中の翌平成四（一九九二）年五月十五日正午、亮平は内幸町のプレスセンタービルの記者食堂で、朝日新聞経済部記者の阿部《あべ》和義《かずよし》、東京ガス広報部長の増子亨《ましことおる》の二人と会食した。阿部がアレンジしたのだ。

「率直に言って、東京ガスの安西邦夫《あんざいくにお》社長と〝経済界〟の佐藤正忠の癒着ぶりは目に余るから、高杉さんが書くことは仕方がないと思うけど、株主総会前に書かれたら、増子さんは役員になれないらしい。いくらなんでも気の毒だと思うよ」

「確かに人道問題ではあるな。相当難儀するが、総会後に掲載されるように延ばす方向で考えてみるよ」

「ありがとうございます。是非ともそうしていただけると私は浮かばれますので、本当に本当に有難いです」

増子はテーブルに両手をついて、深々と頭を下げた。

亮平は人助けと思い、〝東京ガス〟を後回しにするとの方針に変えた直後の五月二十二日、どしゃ降りの雨の中を、増子が秋山《あきやま》副社長を伴って世田谷区芦花公園に近い亮平の仕事部屋に現れた。お礼というより念押しにやってきた時、亮平は不機嫌だった。

「仕事の邪魔をされるとは思わなかった」などと皮肉を言った。さらに六月三十日の午後、二人は再びやって来て、増子が晴れて取締役に就任したことを報告し、盛大に頭を下げられた。

「秋山さんが部下のためにここまでやるとはねぇ。立派です」

「増子の実力を評価しているに過ぎません」

増子は専務まで伸し上がった。

亮平はその後増子と幹事交代制で、飲み会やらカラオケ会をする仲になった。場所は赤坂の〝氷川〟の座敷が多かった。

ストーリーの変更を余儀なくされた亮平が〝東京ガス〟の前に書いたのが、サラ金トップの〝武富士〟で、短期間に懸命に取材した。お陰で〝武富士〟から執拗なクレームが来て苦労したが、増子の取締役就任は実現した。

佐藤正忠に遠慮していた財界人はともかく、その虚像に怯えさせられていた総務、広報などを担当していた中堅ビジネスマンからは、『濁流』を連載後、「なんだ。あの人はこの程度の人物だったのか」、「恐れるほどの経済誌ではなかったんだ」と実感のこもった反響が寄せられ、感謝された。

4

平成七（一九九五）年六月十三日の昼食時間に、神田錦町のレストラン〝四季交楽 然《ぜん》〟で角川書店の角川歴彦《かどかわつぐひこ》社長と桃原用昇《とうばるようしょう》取締役と会食した。

「角川書店創立五十周年記念の企画で、渡辺淳一《わたなべじゅんいち》さんの作家生活三十年と、高杉良さんの同二十年を記念して、二つの全集を刊行したいと思っております」

「全集などとはおこがましき限りです」

「佐高信《さたかまこと》さんに責任編集と解説をお願いしたいと考えています。高杉さんの担当は宮山多可志《みややまたかし》という最も優秀な編集者を張り付けます」

「光栄至極です。頑張ります」

「発案者は桃原です。彼の勘の良さ、センスの良さを私は評価しています。大成功間違いないでしょう」

一か月後の七月十三日、亮平は世田谷区上北沢の自宅に宮山を招いた。全集に挿む月報で連載する新作の打ち合わせである。

月報の連載は、ホダカ株式会社創業者の武田光司《たけだこうじ》がモデルである。マルキン自転車を販売している武田の生きざまに感動した亮平が、武田を説得して快諾を得た。タイトルは『勇気凜々』に決まった。

後日、書き下ろし作品は金融をテーマにすることが決まった。

翌平成八（一九九六）年一月十一日、横浜「みなとみらい」のロイヤルパークホテルニッコーで角川会が開催され、「高杉良経済小説全集」の発刊を記念しての講演が行なわれた。〝全集刊行にあたって〟から一部を引く。

経済小説と取材

経済小説とか企業小説というものの値打ちは、やはりリアリティなのではないかと思うのです。どうしてそんなに取材をするかというと、結局何も知らないからです。

一つの例をあげますと、この全集にも入っている『小説巨大証券』のことです。証券会社を舞台に小説を書いてくれと、週刊誌から言われたときに、銀行に勤めている愚息に「ちゅうごくファンドって何だ」と聞いたんです。そうしたら、愚息が変な顔をして、「それは、中期国債《ちゅうきこく》ファンドのことじゃないの」と言うんです。「ちゅうごくファンドなどと言っている人が、証券業界を舞台に小説を書くのかよ。勘弁してよ」と、愚息はせせら笑ったのです。私は「それでいいんだ、何も知らないから教えてくれということなんだ。しかし、お前たちがびっくりするような小説を書くぞ。あるいは、証券マンが読んで、うなるようなものを書くからな」ということで、そこから取材が始まるわけです。何も知らないからこそ取材をするのです。

バブルの時代

思い出すのはバブルの最盛期ですから、平成元年ぐらいでしょうか、どう考えても右肩上がりで株価が上昇し続けるはずがない。私は株をやらないからこそ、疑問に思うわけです。なまじ株なんか買っていたりしますと、ちょっと違っていたかもしれません。私はあさましい人間ですから、株を買いますと、しょっちゅう新聞の株式欄を読んで、まず小説に身が入らないのではないかと思うのです。

それで株は買いませんけれども、証券業界のことは相当勉強しました。そのときに、まずおかしいということを考えた。それで小説のなかで、アメリカの財務省の次官補に、ちゃんと言わせています。カタストロフィーが来るぞ。必ず破局が来るんじゃないか。日本だけが右肩上がりで株が上がっていく。日経平均株価が五万円、六万円になるなんて言う人も当時いたのですが、そんなことはあり得ないということを、そこで予言しています。

読んでいただくと分かると思いますが、そのくらいは取材すればわかることなのです。それから、おかしいと思ったのは、当時日本全体の土地の価格と、アメリカ合衆国全体の土地の価格が等価だなどということが言われた。そんなことはあり得ない。アメリカは日本の二十五倍の国土を持っている大国です。そのくらい日本はバブルで土地の価格が上がってしまった。

今はその大きな後遺症を引きずっているわけですけれども、そのへんも小説を書いていると、おかしいと分かるような気がするのです。私はそんなはずはない、土地も上がり過ぎた、必ず下がると思って、そういうことをずいぶん言って来ました。だから、いま偉そうに言っているわけですけれども……。

当時、「財テクをやらない経営者は化石人間」と言った評論家もいました。

バブル崩壊と金融界

住専の問題もそうですが、バブルの後遺症というもの、つまりバブルとは一体何だったのかという検証、考証をきちっとやらなければいけないのではないか。また、経済小説などと偉そうなことを言っている私たちも、きちっと検証する必要があるのではないかと考えています。桃原取締役から、書き下ろしの長編小説を書いてくれと言われていますので、いまは金融業界を直視しようと考えています。それから、いろいろな金融業界の方とお目にかかって話をしますと、どうも行き着く先は暴力団なのです。このことは住専に限らず、本当に都銀、興長銀のトップの人たちが皆さん悩んでいる。そして、日本の警察というのは暴力団に対して弱い。腰が引けているというか、正面切って対決しようとしていない。そうすると、どうやってもこのところがほぐれていかない。最近、マスコミがちょっと取り上げるようになりましたけれども、暴力団の問題というのが実はたいへんなことになってくるのではないか。ですから、これから私が金融を書くとしたら、それこそ命がけで書かなければいけないのかなという心配もしております。

書き下ろしの『金融腐蝕列島』で、亮平はもてる取材力を駆使して、全力を投じ、千百枚の作品に仕上げた。同書は平成九（一九九七）年五月十日に発売された。

広告には〝衝撃の最新作！『金融腐蝕列島』〟、〝総会屋問題〟、〝不正融資〟、〝不良債権処理……〟、〝腐敗した金融業界にあって苦悩するビジネスマンの姿を切実に描き切る渾身の特別書き下ろし一一〇〇枚！〟とある。

宮山は装丁をガラッと変えて、全集の一巻とは思えないほどでアピール度も相当なものだった。初版発行部数三万部も驚異的だが、八刷と版を重ね、十七万部ものベストセラーになった。亮平の代表作になったといえる。

『金融腐蝕列島』が発売されて十一日後の五月二十一日、〝不明朗融資闇深く〟の見出しで日本経済新聞が報じた。

五月二十三日夕刊フジからは〝第一勧業銀行　腐蝕の底流〟と題して、亮平に緊急連載の依頼が来た。

夕刊フジの紹介文を引く。

　野村証券の利益供与事件が都市銀行の雄、第一勧業銀行を巻き込み、政財官界を揺るがす大型スキャンダルに発展してきた。そんな中、一冊の本が話題を呼んでいる。作家、高杉良氏の『金融腐蝕列島』(角川書店)。総会屋対策ポストへの異動を命じられた大手都銀副支店長を主人公にしたもので、大物総会屋など裏人脈が金融業界に巣くう描写は、現実の構図そのまま。企業・経済小説の旗手、高杉氏が、第一勧業銀行の闇に迫る—。

その後、平成十(一九九八)年六月から翌年八月まで、第一勧業銀行利益供与事件をテーマにした『呪縛』を産経新聞に連載した。

東映と角川書店は『金融腐蝕列島』の映画化を進めていたが、脚本が難しいとあって亮平に相談があった。

亮平は産経新聞に連載中の『呪縛』ではどうかと提案したところ、一気に話が進み、亮平も脚本に参加することになった。

平成十一（一九九九）年四月二十二日、ホテルニューオータニで映画『金融腐蝕列島 呪縛』製作発表が行われ、九月十八日に一般公開された。

話は戻るが、東京スポーツの編集部から、『金融腐蝕列島』の続編を連載してもらいたいと、亮平に提案があった。

「書くべきことはまだいくらでもあります。有難くお受けさせていただきます」

稿料も破格で、一回（四百字四枚）六万円だった。しかも見開き二ページを経済欄とする力の入れように、亮平も頑張らざるを得なかった。平成十一年十月から一年間『再生』を、平成十五（二〇〇三）年四月から一年間『混沌』を、さらに平成十八（二〇〇六）年から二年間『消失』を連載した。

連載中から亮平は、東京スポーツの太刀川《たちかわ》恒夫《つねお》会長と会食やゴルフをする仲にまでなった。

太刀川は、単行本『再生』上下巻（角川書店）、『混沌』上下巻（講談社）、『消失』全四巻（ダイヤモンド社）のロイヤリティを一切求めず、各社は大いに潤ったはずだ。

もっとも亮平の懐も豊かになり、軽井沢あたりに小屋を建てようという程の発展ぶりを示した。

今から二十年前の話である。

「亮さん。軽井沢より山中湖のほうが近いし、何より湿度が低い。すぐ近くに富士ゴルフという山梨県で最も古い名門のゴルフ場もあるからね。僕は親父の代から夏は山中湖で過ごしているが、一度、来てくれないか」
テニス友達の北原元彦《きたはらもとひこ》が熱心に誘ってくれた。北原との出会いは三十年以上前のことだ。杉並区高井戸に千代田生命が開設したスポーツクラブがあり、北原とはそこでメンバーとして知り合った仲だ。約九千坪の敷地にテニスコートだけで十四面あった。

二人とも終戦時小学一年生で、同年だった。一時期ゴルフを止めてテニスに転向した亮平は「テニスは女・子供がするスポーツじゃないのか」などと友人に冷やかされもした。

北原の父浩平《こうへい》は三菱銀行の初代ロンドン支店長を務めた人物である。「ロンドン支店長というと、当時は凄いというか大変な立場を誇ったものですよ」と話してくれたのは、元週刊ダイヤモンド編集長の湯谷昇羊《ゆたにしょうよう》である。

令和元年十一月、北原は八十一歳で帰らぬ人となった。

5

『小説・日本興業銀行』を読んだNHK教育テレビのプロデューサーが、熱心に中山素平との対談を映像化したいと勧めてくれ、中山に伝えたところ、「喜んで受けましょう」と二つ返事でOKしてくれた。もっとも亮平は聞き手に過ぎず、話の引き出し役を担ったことになる。

平成十一(一九九九)年四月十二、十三日にNHK教育テレビ〝ETV特集、シリーズ21世紀の日本人へ　中山素平・戦後経済を語る〟が放送された。産経新聞が放送内容を再構成して五月十七日朝刊に掲載したのを、一部削除して引く。

真の国際競争力のために

日本経済が戦後最大の地殻変動に直面している。バブル崩壊後の混乱、経済のグローバル化の波を同時に受け、終身雇用や官民協調といった日本型経営システムが色あせ、日本の競争力そのものが問われている。日本はどこにいくのか。二十一世紀の目指すべき経済の姿は—。日本興業銀行頭取、財界リーダーとして、戦後の経済躍進に大きく貢献した中山素平氏に、本紙に小説「呪縛」を連載中の作家・高杉良氏がインタビューし、戦後経済を振り返りながら、日本の進むべき道を探った。

【証券不況】

《株式ブームにわいた昭和三十年代。投資信託が売れ、企業も市場から資金調達した。しかし、三十八年七月、ケネディ米大統領のドル防衛策（ケネディ・ショック）で株価は急落。証券会社は軒並み赤字に転落した。中山氏は、このままでは金融恐慌に発展すると考え、株を買い上げ、プールする機関の設立を提唱する。翌年、興銀など十四行を中心に日本共同証券が設立された》

高杉　ケネディ・ショックのとき、どんなことをお考えになりましたか。

中山　日本共同証券の話ですね。前代未聞のことですし、（市場原理に反するという）批判もありましたが、私は性格上、ソフトランディング的にやりたかった。共同証券で、みんなで協力し、被害を小さくしようとしたのです。

《しかし四十年五月、当時の業界トップ・山一証券が、資本の三倍近い二百億円もの赤字を抱え、倒産寸前であることが明るみに出た。興銀など主力三行の再建策発表でも事態は好転せず、救済策を協議するため日銀氷川寮に、大蔵省、日銀、主力三行の代表が集まった。田中角栄蔵相は、重要法案の国会審議のため到着が遅れた》

高杉　氷川寮ではドラマがありましたね。

中山　事態打開には日銀の特別融資が必要、という認識は、みんな持っていた。ただ民間銀行は自分の被害を小さくしたい。日銀は、特融で欠損が出た場合の政府保証を求める。大蔵省は国会承認など時間がかかる、と政府保証を渋る。話が進まないのです。

《結論が出ないまま、午後九時を回ったころ、田中蔵相が到着する》

中山　田中さんが突然、私に「君、興銀で二百億円融資してくれんか」という。田中さんとはよく話もしていたが、彼には独特な政治的発言もあるんです。この時もそれを感じたので、「それは出せますが、特融をお願いするのは、償還に不安があるからです。償還に不安のあるお金をそんなに出したら、興銀の債券をだれも買わなくなり、私は頭取をやめねばならない」と答えた。

すると、率直で、洒脱《しゃだつ》な言い方が得意の田実渉《たじつわたる》・三菱銀行頭取が「証券取引所を二日くらい休んでゆっくり考えましょうや」といった。これを田中さんが一喝した。「君、それで頭取がつとまるのか。何のためにわれわれは話し合っているんだ」と。それで空気が変わり、結論が出た。

《田中蔵相の決断による「無担保・無制限」の日銀特融で救われた山一証券。だが、バブル崩

壊後の不振から立ち直れず、自主廃業に追い込まれた》
高杉 結局、山一は倒産しました。感慨のようなものはありますか。
中山 官民が協調していれば、ソフトランディングで被害を少なく、あるいは回避することができた。それが今回は、官だけで判断、処理しており、民の協力がない。ここに問題がある。一番大切な従業員が職を失うかたちで問題が処理されている。今回の不良債権問題では、若干、違う考えを持っています。

【バブル崩壊】

《六十年九月、プラザ合意後の相次ぐ公定歩合引き下げがバブルを招く。金融機関はマネーゲームさながらゼネコンや不動産業などに巨額融資を続けたが、平成二年、バブルがはじけて株価、地価が急落し、金融機関に巨額の不良債権が生まれる。大手証券の損失補てん、総会屋との癒着、経営破たん。金融機関への信頼は崩れる》
高杉 バブル当時の銀行の責任は。
中山 僕らは、どんなにいい土地が担保でも、融資先の事業家をよく観察した。ところが、バブル時代は暴力団がからむ悪質な経営者にも融資してしまった。ただ経営責任をいえば、モラルを守るという消極的な考えではなく、前向きに責任を果たす態度が必要です。
例えば、日本式経営が非難され、米国式が基準になり、「株式会社は株主利益が第一」といわれる。しかし経営者とは、株主だけではなく、従業員、お客、その企業の存在する地域社会、日本社会など全部に責任があるわけです。

高杉　銀行が公的資金導入で、利益を最優先し、ますますリスクを冒さなくなると、ベンチャー産業が育たなくなるのでは。

中山　融資で産業を育成するのが銀行の役目なのに、不良債権や責任問題で、すっかり委縮している。自己資本比率を上げるために債権を圧縮するのは順序が違う。自己資本比率は一つの経営指標で、目的ではない。お金を貸すのが目的なのです。

よく「公的資金を使うならば、責任をはっきりしろ」というが、税金を使うからこそ、そのお金を生かすことを考えるべきです。山一特融の時、田中蔵相は公的資金を使うのに「無制限」といった。これなど一見、無責任な話ですが、これで資金が生きた。大銀行には社会的責任がある。貸し渋りなどもってのほかです。

高杉　雇用問題もありますね。中山さんは「終身雇用はいい制度」というご意見と聞いています。

中山　米国のように簡単にレイオフ（一時帰休）させる手法には賛成しない。やはり人間が大事です。米国人に聞いても、職を失うのは一番の打撃だという。日本企業も今後、契約制が増えると思うが、契約社員だけでは企業文化や個性は維持できない。優秀な社員を定年まで残す方策を考える必要があります。日本的な良さを、新しい経営形態にあわせて生かすべきです。

高杉　まったく同感です。今、どうすれば活力が戻り、何を考えればいいのでしょう。

中山　全人口の八、九割が中産階級の意識を持ち、貧富の格差が小さいのは貴重な日本の財産。これを守る方向で税制、社会保障などの政策転換が大事です。現在は明治維新、第二次大戦後に続く第三の変革期であり、政策を誤った政策不況、循環的な不況などが重なった複合不況です。これを乗り切るには、大きな危機管理能力が求められる。難関にかかったときは決断が重要であり、決断の先送りが不況を長引かせたと思います。

（肩書はいずれも当時）

【超人的な記憶力】

二日間、各二時間の録画撮りは、九十三歳の中山さんにはこたえたと思う。ところが疲れたのは私の方で、中山さんはけろっとしていた。

「体力には自信があるけれど、最近なぜ書斎に来たのか思い出せないことがある」

「そんなことは、六十歳の私でもしょっちゅうありますよ」と答えたら、中山さんは不思議そうに小首をかしげた。

話に繰り返しがないのはいつもながら驚かされるが、記憶力、集中力の凄さは超人的だ。

テレビを見た知人から、葉書や電話がどっときた。『かくしゃくとした中山さんを拝見して、元気が出てきた』『私は七十歳だが、勇気づけられた』等々。

なかには『中山さんの遺言と思って、心して聴いた』というのもあった。

口の減らないことでは人後に落ちない私も中山さんには負ける。

「遺言、冗談じゃない。きみは、そんなに僕を早く死なせたいの」と言われるかもしれない。

私は、アメリカ型経営に傾斜する日本企業のあり方に危機感を覚えるが、中山さんも同感してくれた。

日本型経営が企業風土をはぐくみ、活力をもたらす──これが中山さんの二十一世紀への提言だと私は確信する。

産経新聞に再構成して掲載したい、と中山さんに申し出たとき、「他紙・誌を断っているから困る」と反対された。しかし、「映像からの転載なので問題はない」と、私は押し切った。

「きみには弱いよ」と言われたが、私も中山さんには弱い。

「きみのお陰で迷惑した。番組が放映されたあと、小渕首相から二度も電話がかかってきた」

録画撮りの時間調整やらなにやらで、私もNHKには、振り回され放しだった。

だが、「見ごたえのあるETV特集だった」という視聴者の感想を聞いて、苦労のし甲斐があったと、いまは満足感に浸っている。

6

時は激しく移ろう。

亮平が高杉良の筆名で、『めぐみ園の夏』を新潮社から出版したのは平成二十九（二〇一七）年五月である。

その直後に亮平は牧野力と神田錦町のレストラン〝四季交楽 然〟で会食した。

「杉ちゃんが児童養護施設の園児だったとは信じられない。未だに信じられないよ」

会食中に牧野は十数回も「信じられない」を口にした。

「忘れたい。口にしてはならないと、肝に銘じていたんだと思う。愚息にも話さなかった。僕は養護施設の園児というと、戦後間もない頃の上野公園や地下道の浮浪児のレベルと考えていたからねぇ」

「…………」

「この先の話も書くつもりなんだ。石化新聞時代のことも含めて……」

「なるほどなぁ。分かった」

牧野が大声を発した。

「何が分かったの？」

「〝自転車〟に繋がるわけだなぁ」

「ええっ！　さすが牧野さん。そこまで言ったのは牧野さん一人だけ」

亮平は牧野の胸に指をさして、話を続けた。

「二十五枚の処女作〝自転車〟を書いたのは小岩時代の高校生の時だった」

「作家になる自信は生まれながらにしてあったと言うことだなぁ」

「めぐみ園のお陰とも言える。『めぐみ園がなかったら作家になってなかったね』と愚息に言われたが、まさか経済小説で伸して行くとは、我ながら信じられないよ。童話作家になるのが夢だったけどね。石化新聞の記者として通産省や大企業などを取材できたからだと感謝してる」

「杉ちゃんが書いた記事は違っていたな。内容も濃いし、訴えるパワーがあったよ」

「褒め過ぎだろう。ただ牧野さんに評価されたら悪い気はしないけどね。僕も取材力、筆力で負けない自信があった。ただし、態度が大きかったのは劣等感の裏返しっていうか、ルサンチマンのしからしめるところだったかもねぇ」

近年、深夜に目覚めることが増えてきた。そんな時はリビングで幼少期に母百子と唄った童謡や唱歌を声に出して唄っている。母を想うと涙が止まらない。眠れない夜は母を想って涙すると安眠できるのだから不思議だ。

幼少期に二人で唄っている時の母はいつも機嫌が良かった。市川の自宅の縁側で手をつないだり、肩を叩きながら声を張り上げたことが思い出されてならない。三、四歳の頃だろうか。

明治生まれの百子は静岡市のカトリック系の女学校を卒業していた。百子の父は台湾総督府の祐筆で一家は台北に住んでいた。当時、学校には人力車で通ったという。

終戦の三か月ほど前、岐阜県揖斐《いび》郡池田村に疎開した時、百子は田舎の生活に馴染めずひと月ほどで市川に戻って来た。誇り高い人で、亮平は少しもてあましてもいた。

百子は若かりし頃、吉屋信子に憧れて作家を志したが、「不良少女だ」と姉の早苗に強く反対されて夢を諦めたという。

亮平の文章力は母から受け継いだDNAだと確信していた。高身長も手先が不器用なのも、さらには〝方向音痴〟も母のDNAに違いないと思っている。

亮平の方向音痴は相当ひどい。方向音痴に気付いたのは、二十年以上も前のことである。NHKホールに行かなければいけないのに、いつの間にか井の頭線の神泉駅に来てしまい、駅員から「渋谷駅に戻りなさい」と言われて、一時間以上も遅刻した。ガンジーの生きざまを描いた〝インドへの道〟の試写会に誘ってくれたのは角川書店の桃原用昇である。

百子が初めてめぐみ園を訪ねて来た時、子供たちは門前で一時間以上も待たされたことがあった。百子は道を一本間違えてさんざん歩かされたと機嫌が悪かった。母が道を間違えたのは方向音痴だったからに違いない。

どうも方向音痴は遺伝するらしい。最近分かったことだが、娘と孫も方向音痴なのである。

「僕たちがめぐみ園の門前で一時間以上も待たされたのは、母の方向音痴のせいだったんだな」と妹のすみ子に話したのはごく最近のことだ。

せっかちな亮平は遅刻にうるさいが、方向音痴の人には寛容である。

亮平は平成二十七（二〇一五）年五月、自宅に近いこわぐち内科クリニックの強口博《こわぐちひろし》医師から、荻窪病院泌尿器科医長の野中昭一《のなかしょういち》医師を紹介されて、前立腺肥大の治療を始めた。

そして平成三十（二〇一八）年三月に前立腺肥大の手術を受けた。野中は慶応義塾大学医学部出身である。亮平は通院中から野中に親近感を覚えていたので安心して手術に臨んだ。

退院後、大橋正和《おおはしまさかず》泌尿器科部長と野中医師の三人で飲み会をしたこともある。

さらに野中医師とは、夫人もお誘いして愚妻を含めた四人で会食した。野中の清々しさに感動した亮平は「医師にとって一番大切なことは使命感ですね」と話したところ、野中は黙って涙ぐんだ。医学生時代は剣道で鍛えたというだけあって、体力も抜群だが、その野中が涙ぐんだのだ。デンマーク留学時代、研究者と臨床医で悩んだ時期があったという。過去の帰趨などが胸を去来したと思える。その姿勢に亮平も胸が熱くなった。

現在、亮平は荻窪病院の消化器内科にも通院しているが、中村雄二《なかむらゆうじ》内科部長が担当医で、性格の明るい中村とは対話もはずみ「私はビール一杯で眠くなってしまうので会食は一切受けません」と笑いながら言われた時は心が和んだ。

亮平は令和元（二〇一九）年十一月に二度目の肝腫瘍ラジオ波焼灼療法の手術を受けたが、二、三十分程の手術中の痛さは筆舌に尽くし難い。

今一番辛いのは、三年前に罹患した加齢黄斑変性による視力の衰えだ。現在の矯正視力は左目〇・〇五と右目〇・一五なので、活字を読むにも執筆するにも四倍率の拡大鏡を使わなければならず難儀している。

それでも歩くことが大好きな亮平は、晴れの日は一人で、曇りの日は妻が同行するが、一時間ほどの散歩を続けている。食欲もいたって旺盛だ。

元東ソー役員で九十二歳の中谷治夫さんご夫妻とは、たまに会食を共にする。八十九歳の君枝《きみえ》夫人が、その都度大きな重箱に詰めたお赤飯を持参してくれる。その美味しさといったらない。

「美味しいです。美味しいです」

「杉田さんの笑顔を見ているだけで、嬉しくてならないの」

君枝の笑顔が素晴らしかった。

「おこわご飯はいろんなところで食べてますが、君枝さんのが際立って美味しいです」

本音である。「幸せだなぁ」と言いたいくらいだ。

整形外科病院で骨密度の検査をしたところ、「素晴らしい！　骨密度は五十三歳です」と言われたのは、二年前の夏である。大いに気を良くし、作家生活を二、三年は続けられるような気さえしているが、思い過ごしかも知れない。

7

十九歳で入社して、石油化学新聞の記者として駆け回っていた時期は、亮平の青春時代だったが、日本経済の青春時代でもあったのだろう。二つの青春が重なったのは幸運だったと、今にして思う。

亮平が若い頃、キャリア官僚や公務員は使命感が強かった。世のため、国のためにどうあるべきかという理念が常に念頭にあった。

それが今はどうだろう。役人がみんな小粒になってしまったのではないか。〝小役人〟になってしまったという感じがしてならない。サムシングを失ってしまったという感が強い。

日本が国家としてどうあるべきか、それが役人の頭の中には、常になくてはならないのだ。役人が見る先は政府でもなければ、ましてや総理大臣でもない。日本国の全体を、そしてその先にいる日本国民の一人一人を考えるサムシングが、官僚の矜持だったのではないか。

企業経営者も小粒化している。もちろん昔も「会社のため」が大事だった。しかし同時に、ライバル企業だろうと一緒に飲んだり、意見交換をしたり、おおらかな付き合いがあった。嫌な話も、お互いに平気でやりあえたものだ。

企業が内部留保に固執するようになったのは、リーマン・ショックの時からだろうか。経営者が、自分の会社のことだけを考えるようになってしまった。小粒化、小型化と言わざるをえない。

亮平は平成三十一（二〇一九）年に『雨にも負けず』という小説を書いた。イーパーセルを起業した北野譲治を描いたものだ。お金のために起業するのではない。熱い何かを持った経営者の登場を、亮平は待ち望んでいる。そうでなくては、小説が書けないということもある。

メディアの劣化も否定できない。昔の記者は、それぞれに使命感があった。今もあるのだろうが、相当違ってきているように思えてならない。記者には、大局観を持ってほしいと切に思う。

セキュリティやプライバシーの意識が変わってきたから、取材や報道の現場も変化したのは間違いない。

亮平は通産省に取材に行って、課長席が空いていると、いつでも平気で座り込んでいた。今では無論とんでもないことだ。だいたい庁舎に入ることさえ、厳しく制限されている。勝手に課長席に座るなど考えられない。もっとも、昔だって課長席に座るような記者は、亮平だけだったようだ。行儀の悪さをそれとなく注意されたりもした。

亮平のスクープは、ほとんどリークだった。

「日本合成ゴムの国策会社を、どう考えているんですか」

「国策会社で存在し続けるのは、ありえないでしょう」

これを石油化学新聞に書けば、日本経済新聞も必ず後追いする。そうして局面が動いて行った。

今の役所、企業、メディアの問題点はどこか。そうきかれると、亮平は、老人化、高齢化に問題があると答える。老人が自分からどかないし、自分のことしか考えない。だから、若い人や女性が上にあがっていけない。

　女性が登用されていかなければ、どの世界でも未来はない。女性が活躍する国は伸びていくと断言したいくらいだ。入社試験では、女性が七対三で圧倒的に優秀だと聞く。

　亮平が若い頃、通産省など官僚にも優秀な女性がいた。

　当時、活躍した数少ない女性たちは、男社会の中で女性の良さを抑えて伸《の》してきた人が大半だろう。女性登用が叫ばれるなか、少しずつ女性ならではの発想を持って活躍する人材は増えてきていると思う。十年後、十五年後には日本の企業経営層の半数を女性が占めることを期待している。そうなれば日本もまだまだ捨てたものではない、と亮平は思う。逆に、急いで女性役員の人数合わせを政治主導で行うことは、愚の骨頂だとも思うのだ。

　若い人に官僚を目指す者が少なくなっている。なんと嘆かわしいことか。官僚になっても、政治家への忖度を求められ、データの改竄を強いられるからだろう。

　かつてキャリア官僚は、代議士と対等だという気概を持っていた。むしろ代議士の方が、選挙の度にお辞儀して回らなければならないから、大変なのだ。それが今は、官僚は言いたいことが言えていない。

　亮平と後に通商産業事務次官になる牧野力は、お互いに生意気な奴と感じて、会えば言い合い、自己主張していた。お互いに言いたいことを言い、言いたいことを言う奴だなと思っていた。

　官僚も企業人も記者も、言いたいことが言えなければ、ダイナミズムのある仕事はできないだろう。

生活のため、家庭のために働くというのも、それはそれでいい。しかし、それだけでいいのかという問いかけを、いつも胸に刻んでおく必要があると思う。亮平はそれを願ってやまないのだ。

《特別収録　幻の処女作》

自轉車

自転車が擦れちがうと、橋はいっぱいだった。

良平《りょうへい》は鉄のらんかんにせいいっぱい体をすり寄せて、用心ぶかくゆっくりと自転車をひきずって行った。それでも大型の自動車は、良平の右肩にすれ合わんばかりに通り過ぎて行く。

パンクした乗り古しの自転車は絶えずガタガタ鳴っていた。高低の激しいところへ来ると、ハンドルを握る手がしびれそうだった。強烈な自動車のヘッドライトの加減で、アスファルトの表面がひどくでこぼこしてみえた。めまいのせいか、ときたま四囲がぐらぐらして、橋ぜんたいがつり橋みたいにたよりなく揺れているような錯覚にとらわれることがある。

そんなとき、良平は思わずぎゅっと眼をつぶって立往生してしまう——。

市川橋を越えて小岩《こいわ》の町に入ったとたん、良平は一種の気落ちから、ハアーという吐息をつくなり、眼についた道路の端の手頃な石の上にへなへなとくずれるようにしゃがみ込んでしまった。支えを失った自転車がバタンッととんでもなく大きな音をたてて、いっしょになって倒れた。良平はしばらく放心したようにぼんやりとうずくまっていたが、急に思い出したように背中をまるめてペッ、ペッと唾を吐いた。砂ぼこりを浴びて口がざらざらして不快だったが、濁った唾液は卵の白身のようにぬるぬるとねばついて、吐き出すのにひどく手間どった。

　良平は不意に眼に眩しいものを感じ、ハッとして顔をもたげた。懐中電灯のまるく淡いひかりが、スーッと空に弧を描いて逃げていった。さっきの小僧だった。良平はうかつにも、橋のたもとの自転車店とは眼と鼻の先の、ものの十メートルとは離れていない石の上に座っていたのだ。小僧は悪びれた様子もなく、うさんくさそうに良平をじろじろ見ていた。良平は眼のやり場に当惑し、小僧の視線においたてられでもしたようにあたふたと自転車に跨った。そしてやけくそにペダルを踏んだ。ガタン、ガタンとリムのじかにアスファルトにぶつかり合う金属音が、こそくな良平の強がりを嘲笑しているように彼のはらわたに沁みた。

「こんなむちゃしたら、自転車がだいなしだ」良平はこう呟いて、すぐに自転車から降りた。ふり返ると、小僧の視線はもう背後になかった。良平は安心して自転車をひっぱって行った。

　良平は体中汗びっしょりになっていた。垢じみた開襟シャツがべったり肌にくっついて、たまらない胸わるさだった。いっそのこと裸になってしまいたかった。良平は自転車を自分の体で支えて、とにかく首筋の汗をぬぐった。そうしていて、ふと「いまなん時ごろだろう」と思った。待ちわびた母のいらいらした顔が眼にちらついて、彼は気が滅入った。「どんなに腹を立てているか」そう思うと気ばかりはやったが、棒になった脚がなかなかいうことをきかなかった。「なんていまいましい自転車だ」良平はいく度もそう呟いた。


　良平が夕刊配達を終えて、綿みたいにくたびれた体をひきずって家に帰って来たとき、母のふくはいつになく「ごくろうさま」と、ねぎらいの言葉をかけて彼を迎えた。良平は唖然として、しげしげとふくを見つめたものだ。さらに驚いたことには、部屋の中がきれいに整頓されていた。

「まい日、大変だねぇ。疲れたろう」

とってつけたような母の言葉だったが、良平はやはり悪い気はしなかった。

「そうでもないよ。なれてるもの」

「きょうは家で座談会があるんだよ」

ふくは手鏡に小じわの多い顔を写して、頬にパフをあてながらいくらかうわずった声でいった。

「うちで、家で座談会があるの？」

良平は眼をしばたたかせながら、おうむ返しにきき返した。

「そうだよ。きょうは地区部長さんがお見えになるんだよ」

「へーえ」

良平はあきれたという顔で小さくうなって、畳のすりきれた二間きりの狭い部屋の中をつくづく眺めまわした。

「まったく、なんだってひきうけてくるんだ。こんなくさった長屋へ――」

いきなり、怒りをふくんだ父の佐平《さへい》の声が、部屋の隅からきこえた。良平は、眠っていたと思っていた佐平の声に、なにかほっと救われた気持になり、ふくを黙殺して、父の傍へ這って行った。不機嫌に顔をしかめて、仰向けに横たわっていた佐平は、良平を見るとしわだらけの顔をほころばせ、「早かったな」といった。

「うん」

「もう仕事はできてるんだ。すまんが手伝ってくれるか」

「うん」

良平は、いちいち従順にうなずいた。

六時になると、佐平はおでんの屋台をひいて毎日駅前へ出向く。屋台の後押しは良平の役目だったが、それは良平にとってたのしみの一つでもあった。学校の友達や近所の人たちと出くわすことがままあって、良平はその度に顔をあからめる。屋台のまわりによしずを張りめぐらし、ランプ用の石油や割りばしなどの買物がすむと、佐平は決って、こんにゃくだとかちくわだのを良平に食べさせてくれるのだ。

「それじゃ、そろそろ出かけるか」と佐平が起き上がろうとしたとき、ふくが横やりを入れた。

「きょうは、この子は別に用があるからだめだよ」

佐平は激しい声でつき返した。

「バカいうな！　屋台出さないでどうやって食っていくんだ！」

ふくは一歩もひかない。

「屋台なんて、どうせあんたの飲みしろになるのが落ちだよ……」

ふくはここまでいうと、さすがにいいよどんで、いくぶんやわらいだ声になった。

「良平には、中山の佐藤さんまでS教新聞を取りに行ってもらわなきゃあならないんだよ」

「なにがS教新聞だ。折伏《しゃくぶく》々って、気狂いみたいに……」

佐平は吐きすてるようにいったが、途中で言葉はぶつぶつ口の中で消えてしまった。

こんどはふくが逆上した。

「なに言ってんの、そんなことというとバチが当るよ。うちなんか、ご供養一つしたわけじゃなし、こんどの文化斗争ぐらいがんばらなくちゃあ、いつになったって功徳なんかもらえやしないよ。あんたなんか一日中ごろごろしてて、そんなひまがあったら折伏の一つもしたらどうなの！」

佐平は業腹そうに頰をひくひくさせていたが、ふくの激しい口調におしまくられて、口をつぐみ、ふてたようにごろんとひっくり返った。

良平は二人のやりとりに閉口して、壁に背をもたせて足を投げ出した。

「おまえ、ほんとにすまないけど、中山の佐藤さんまでちょいと行って来ておくれ。屋台は和枝《かずえ》にやらせるから心配ないよ」

「和枝になにができる」

佐平が口惜しそうにいった。

良平は、この上中山まで行かされるのではたまらないと思った。

「お母さん、佐藤さんのところ和枝じゃいけないの？」

「ああ。和枝じゃ用が足りないだろう。だいいちあの子は佐藤さんの家を知らないんだよ。とにかく七時から始まる座談会に間に合わないと困るんだよ」

良平は観念して、うらめしそうに柱時計を見上げた。

「お母さん、もう六時を過ぎてるよ。七時なんてとってもむりだよ」

良平が時間をたしかめてこういうと、ふくは、「そうだねえ。まあできるだけ急いで行って来ておくれよ」と、十円硬貨を二枚手渡しながら、ぐずぐずしている良平をせきたてた。

良平はなおぶつぶついいながらも、仕方なく立ち上がった。

良平は踵のつぶれたちびた運動ぐつを履きつつ、ふと良いことを思いついた。

「そうだ、新聞屋で自転車を借りて行こう。そうすれば中山までの往復の電車賃二十円は自分のものになる。しかもその方がよっぽど早く行って来られるにちがいない。いわば一挙両得だ」

こんな虫の良いことを考えて卑屈に口の端を歪めて、ひとりうなずいた。

良平は、国電小岩駅前のA新聞店に行くまでに、いろいろ考えた。

「どうして母はあんなふうに狂信状態になってしまったのだろう」

良平は、小っぽけな頭でつくづくそう思う——。

二年前、ふくは近所のある主婦に半分おどされて、日蓮S宗へ入信してしまった。それ以来ふくはまるで人が変った。ふくのみならず、佐平も、そして良平も、家中みんな変った。佐平はやたらに怒りっぽくなり、ふくの眼をかすめては屋台で焼酎にひたるようになった。ふくはふくで、折伏と称して信者獲得に狂奔した。小学二年の妹の和枝が腹痛を起して、泣きながら学校から帰って来たとき、ふくは「朝のおつとめを怠けたバツだ」と決めつけて、むりやり和枝を本尊に向かわせ、お題目をとなえさせたこともあった。

「なにからなにまで狂っている」

良平はほんとうにそう思う。

七月八日に行われる参議院選挙にこの宗教団体からもなん人かが立候補していた。文化斗争と銘打った選挙運動に文字どおり東奔西走しているのが、ふくなど信者たちのこのごろの姿だった。だれそれに投票しなければバチが当る、という威嚇的な票集めは選挙日が迫るにつれますます露骨になっていった。良平は悪辣な彼らのやり口が実際鼻持ちならなかったが、ふくにことさらあらがいはしなかった。その方が利口だと思ったし、へたにさからえば、かえって火に油をそそぐ結果を招いたにちがいないからだ。だから良平が不本意ながら朝夕仏壇に向かってお題目をあげていたのも、むろんふくの機嫌をそこねぬためのものでしかなかった。

いつの間にか、良平は新聞店の前に来ていた。

「ごめんください」

良平は中へ入って、奥の方を窺った。

見事に禿げ上がった頭を撫でながら、小がらで赤ら顔の主人が出て来た。そしてじろりと鋭い一瞥を良平にくれてから、「なんだぁ？」と尊大にいった。

「自転車をお借りしたいんですが」

良平が口ごもりながらこういうと、主人は眉をひそめて、「なんだ、またどこか不着したのか？」と怒ったようにいった。

「いいえ」

良平は急いでかぶりを振った。

「私用だな？　貸してもいいが、他の者に示しがつかなくなるからなぁ」

主人は思わせぶった思案顔をしてみせて、首をかしげた。

良平がむっとして店を出ようとすると、主人は慌てたものいいで「まあいい。これに乗って行け」と角のくたびれた自転車を指差していった。良平は、「だれが借りるものか」と腹では思いながらもけっきょく自転車を借りて外へ出た。

良平はパン屋へ寄った。そしてあたりをはばかるようにはずかしそうに十円玉とコッペパンを交換した。良平は急いでパンをズボンのポケットにねじ込んで、自転車に飛び乗った。ポケットが不恰好にふくらんだが、ひと知れずパンを少しずつちぎっては口へ運び、そのふくらみを小さくしていくのがたのしかった。パンをかたづけてしまうと、それでもいくらか腹がくちくなった。ペダルを踏んでいると、口笛でも出てきそうになにか浮き浮きしてきた。

汗ばんだ良平の顔に夕風が心地よかった。

市川橋の手前の交番の前まで来たとき、突然自転車がガタンガタンと鳴りはじめた。首をひねりながら自転車を降りて調べてみると、案の定、後のタイヤの空気がぬけていた。さいわい橋の袂に自転車店があったので、良平はそこまで自転車をひっぱって行った。

「すいませんが空気入れを貸してください」

良平は、背を向けて自転車に磨きをかけていた若い小僧に声をかけた。

小僧は大儀そうに首だけねじって、店の奥の方をあごでしゃくって示した。

「すいません」

良平はぺこりと頭を下げて、遠慮しいしい店の奥へ入って行き、使い古した見るからに汚らしいポンプを持って来た。

ポンプを押すと、タイヤはいっぱいにふくらんだ。が、じきに空気は抜けた。ばかの一つ覚えのように二度三度繰り返したが、やはり徒労だった。

「パンクじゃないのかい？」

小僧が良平の傍へやって来て腰をおろした。

機械油の臭いがツーンと良平の鼻をついた。油にまみれた作業衣をまとった小僧は腕まくりして、器用な手付きで素早くタイヤをはがし、つぎだらけのチューブをとり出して、シュッシュッとポンプを押した。チューブは小気味よくふくらんでいったが、ポンプを外すとたちまちしぼんでしまった。もはやパンクに相違なかった。それでも小僧はなおパンクの部分をたしかめようと、水の入ったバケツを運んで来て、チューブを水につけた。ぶくぶくと気前よく泡がたつ。ハラハラしてなりゆきを見守っていた良平の顔が泣きそうに歪む。

「この穴じゃ釘らしいな」

小僧はチューブをバケツからとり出しながらぼそっといって、鋏やゴムのりの入った箱を抱えて来た。そして軽石でチューブをこすりだした。良平は耳朶が熱くなり、心臓がドキドキ音をたてた。

「あのう、ぼく、お金持ってないんですが……」

良平は思いきって、蚊の鳴くような声だったがとうとういった。

「えっ?」

よくききとれなかったのか、小僧がきき返した。

「ぼく十円しか持ってないんです」

こんどは不思議によどみなく口にでた。

「冗談じゃない。十円でいちいちパンクのめんどうみてたら、こっちがひあがっちまう」

小僧は大げさにあいた口がふさがらぬという顔をしてみせてから、吐き出すように、にくにくしげにいった。

良平は消え入りそうに小さくなって、「すいません」をくり返す以外術《すべ》がなかった。

小僧はぷりぷりして、後始末もせずにもとの作業にかかりはじめた。良平は度を失って、しばらくぽかんとつっ立っていたが、仕方なく自分の手でチューブをもとどおりにしなければならなかった。

見ていると容易《たやす》いようだったが、やってみるとなかなか思うようにならず、良平はだんだんいらいらしてきた。

「たのみもしないのに勝手にタイヤをはがして……」

こう思うと、小僧がにくらしくさえ見えてきた。うらめしげに自分を見やっている良平に気付くと、小僧は見るに見かねたらしく、黙って良平をつきのけると、瞬く間にチューブをもとどおりにタイヤでおおってしまった。そしてあてつけるようにパンパンと大きく手をはたいた。良平は小さな声で礼をいって、自転車店を出た。

良平は自転車をひっぱって市川橋を歩きながら、もどろうか、もどるまいかとなんども躊躇した。駅の近くのかかりつけの自転車店へ行けば、新聞店に知られることなく修理してくれるし、料金も自腹をきらずにすむ……良平は考えた。

しかし橋を越えてしまうと、もう良平の心は決っていた。せっかくここまで来てもどるなんて、どう考えたってばからしい。八幡《やわた》、中山、電車で二つめだ。そう遠いこともあるまい。良平はたかをくくって急ぎ足に自転車をひっぱって行ったが、そんなことより彼がいちばん恐れたのは、家へ帰ってもういちど母に電車賃をもらいなおさねばならないということだった。なにしろ良平のポケットには十円玉が一枚入っているきりだったから。

市川の駅のあたりまで来たとき、良平はとたんに後悔しはじめた。中山がひどく遠くに思えてきたのだ。橋から駅までまだいくらも歩いていないのに、良平はハアハアと肩でせわしく息していた。

四辺は暗くなり、空には星さえまたたきはじめた。良平はすっかり心細くなってきた。みち行く人々は、運動靴をひきずりひきずりパンクした自転車をとぼとぼひいて行く良平を、あわれむような眼差しで一様にふり返って見ていく。

繁華街をぬけて人通りの少ない、自動車がせわしく去来する国道へ来たとき、良平はやれやれと思った。けれども中山はまだまだ先のようだった。

漸《ようや》く中山の町へ来たとき、良平は佐藤さんに理由を話して、いくらか用だててもらい、とにかくパンクをなおしてしまおうと思ったが、かんじんの佐藤さんの家がおいそれとは見つからなかった。一カ月ほど前、やはりふくのことづてで、いちど訪ねたことはあったが、良平はすっかり焦ってしまって、どこをどう曲るのか目印さえ忘れていた。

「落着け、落着け」

良平はいくども自分にいいきかせて、国電中山の駅からもういちどやり直した。やっと佐藤宅をさがしあてたとき、良平はほんとうに助かったという気がした。

良平は手の甲で額の汗をぬぐいながら玄関をあけた。

待ちかまえていたように夫人がそそくさと出て来た。色白で眼尻のつり上った三十五、六の女だった。せんさくするような眼差しで無遠慮に良平を眺めまわしてから、いきなり、「ずいぶん遅いんですね。座談会が中止になったのかと思いましたよ」とずけずけといわれたとき、良平はわっと泣いてしまいたくなった。

「じゃあこれ。大切なものですから気をつけてくださいね」

夫人はあくまで事務的な口調でいって、きれいな包装紙につつんだ新聞を良平に手渡した。

「二十部ありますから……。料金お持ちにならなかった？」

夫人は良平の返事がないのでさいそくした。

良平は小学生のように黙ってこっくりした。

「そう。それじゃいずれまた……。お母さんに文化斗争がんばってくださいって伝えてくださ い」

良平は「はい」とだけ答えたが、顔がこわばってなにもいい出せなくなっていた。パンクしたから、などとはおくびにも出せなかった。良平は悄然と佐藤宅を辞した。

どこかへ自転車をあずけて、電車で帰ろうとも考えたが、明日新聞店で大騒ぎされるのではかなわないと思いなおした。良平は実際惰性でやっと歩いているとでもいったように、もと来た路をひき返してきたのだった。


良平は気付かれないように自転車を前の家の塀にもたせかけて、そっと家の様子を窺った。下駄やくつがせまい玄関からはみ出ていた。いく人かの声が入りみだれてきこえた。

良平は勝手口へまわった。良平はそっと和枝を呼び出して、新聞を母へ渡してもらおうと思ったのだ。しかしたてつけの悪い戸がハラハラするほどガタピシ音をたてたので、ふくがまっ先に飛び出してきてしまった。ふくは、腹立ちから頬をぴくぴく痙攣させていた。

「おまえ、いったいいまなん時だと思ってるの！　こんな遅くまでなにしてたの？　もう座談会はおしまいじゃないか！」

口から泡がとびちり、いまにも平手打ちが飛んできそうな剣幕だった。

良平は熱いなにかが喉元へつきあげてきたかと思うと、それがどっと声になってあふれ出た。

良平は、自分でもまったく思いがけなかった。

「ばか！　大きななりして泣くやつがあるか」

ふくの声が一段と大きく疳ばしったかと思うと、平手打ちが良平の左頬に鳴った。

部屋の中が一瞬シーンと静まり返った。

「どうしました？」

気を配っているらしい中年の男の声がした。

ふくはさすがに具合悪そうに「なんでもないんですよ」とおろおろした声で答えてから、良平の手から包みをうばいとると、障子をぴしゃりと音をたててしめて、座へ帰って行った。その刹那、良平の眼からまた涙がほとばしり出た。

自分でもよく判らなかったが、ただやたらに涙がこぼれて仕方なかった。

「どうもすいません……。高校一年にもなって……」

声をひそめたそんなへつらうようなふくの声が、とぎれとぎれに良平の耳に入った。

良平は木偶《でく》のように戸外につっ立っていたが、蚊がうるさくまといつくのに閉口して、また玄関の方へまわった。

良平はしゃくりあげながら、あてどなく自転車をひいて行った。

「兄ちゃん、兄ちゃん」と、背後から声がした。どきっとしてふり返った。妹の和枝だった。

和枝は小走りに良平に近寄って来て、「これ、ごはん」と、なにやら差し出した。それは夕餉《ゆうげ》の間に合わせのジャム付のコッペパンだった。

良平は泣き顔を見られまいとして顔をそむけ、「そんなものいらないよ」とバツの悪さを妹に当って、邪険にいった。

「兄ちゃんお腹いたいの？」

和枝は上眼使いに良平の顔をのぞき込んで心配そうにいった。

「うるさいなぁ」

良平はとりあわずに先を急いだ。

和枝は半ばべそをかきながらも、良平の後からついてきた。

良平はそんな妹がいじらしくなって、足を止め、出てくる生唾を呑み込みながら、「そのパン、和枝にあげるよ。家へ帰って食べな」とやさしくいってやった。

妹は下唇をつき出して、だだをこねるように体ごとゆすりながらいった。

「和枝いらない。だって家へ帰ったってつまんないんだもの」

良平はなんだか胸がいっぱいになった。

「そうだな。座談会なんか和枝にはつまらないね」

「うん」

和枝はそれを認めてもらえたことがうれしいのか、にっこりとえくぼを作って笑った。

「眠くないかい？」

良平はスタンドをかけながらいった。

「うん」

眼をしょぼしょぼさせながらも和枝はこっくりした。

「兄ちゃんこれから自転車を返しに行くんだけど、和枝も一緒に行く？　新聞屋がしまってたらお父さんのところへ行ってみよう」

「うん。和枝ねぇ、きょうお父ちゃんのお手伝いしたのよ」

和枝は得意になっていった。

「そうかあ、少しお尻がいたいけどがまんするんだよ」

良平は妹を抱きあげて、自転車の後に乗せてやった。

「兄ちゃん、これ」

「うん」

良平は妹からパンを受け取ってポケットへ入れ、自転車に乗った。

「いいかい、兄ちゃんにしっかりつかまってるんだよ」

良平は力まかせに自転車をこいだ。

ガタン、ガタン。

自転車は激しく揺れた。

和枝はふり落されまいとして、良平にしがみついてきた。

妹の体のぬくもりが、じかに良平に伝わってきた。


「明るい暮し」九月号（昭和三十三年八月十五日発行）

初出
『小説新潮』二〇一九年七月号、九月号、十一月号、
二〇二〇年一月号、三月号、五月号

カバー写真　佐藤哲郎・田中庸介／アフロ

破天荒《はてんこう》

著者

高杉《たかすぎ》　良《りょう》

発行

2021年4月20日

2刷

2021年5月25日

発行者　佐藤隆信

発行所　株式会社新潮社

〒162-8711　東京都新宿区矢来町71

電話　編集部　03-3266-5411

読者係　03-3266-5111

https://www.shinchosha.co.jp

装幀　新潮社装幀室

印刷所　大日本印刷株式会社

製本所　大口製本印刷株式会社

ISBN978-4-10-454707-4　C0093